一日一首古詩詞・春

春風拂面，讀懂寄託於詩詞的情感

陳光遠，陳秉志 著

春，是萬物復甦、生機盎然的象徵

感受春天之美
對生命、希望與重生的讚頌

欣賞文人的深情吟詠
在詩意濃厚的文字中找回到生活的感動

目錄

秦地羅敷女，採桑綠水邊。

素手青條上，紅妝白日鮮。

蠶飢妾欲去，五馬莫留連。

—— 唐・李白《子夜四時歌・春歌》

春風十里楊柳依依

正月・孟春

爆竹聲中一歲除，春風送暖入屠蘇。

二月・仲春

新年都未有芳華，二月初驚見草芽。

三月・季春

故人西辭黃鶴樓，煙花三月下揚州。

正月

初一

元日

［北宋］王安石

爆竹聲中一歲除[1]，春風送暖入屠蘇[2]。

千門萬戶曈曈[3]日，總把新桃[4]換舊符[5]。

注釋

①除：去掉。②屠蘇：指屠蘇酒，古代一種酒名，以屠蘇等藥草製，常在農曆正月初一飲用。③曈曈：日出時光亮的樣子。④桃：桃符。古時掛在大門上的兩塊畫著門神或寫著門神名字用於避邪的桃木板，後在其上貼春聯。⑤舊符：舊桃符。

譯文

在陣陣鞭炮聲中人們辭舊迎新，迎著和煦的春風暢飲屠蘇酒。

旭日光輝普照著千家萬戶，人們都把舊桃符取下換上新桃符。

📖 賞析

詩人透過人們過春節時燃爆竹、飲屠蘇酒、換桃符的幾個典型素材，表現春節的歡樂氣氛，富有濃厚的生活氣息，且寄託了自己除舊革新的思想。

「爆竹聲中一歲除，春風送暖入屠蘇。」開篇使讀者彷彿置身於春節祥和快樂的氛圍中，「爆竹」的原始目的是驅逐鬼怪，或恭迎諸神，後來以其強烈的喜慶色彩發展為辭舊迎新的象徵符號，成為最能代表新年到來的民俗象徵。飲「屠蘇」酒是古時典型節慶風俗，人們於農曆正月初一飲屠蘇酒以避瘟疫。《紅樓夢》第五十三回「寧國府除夕祭宗祠，榮國府元宵開夜宴」中，有「賈府男東女西歸坐，獻屠蘇酒、合歡湯、吉祥果、如意糕等」的描述。屠蘇酒含有多味藥材，具有強身健體之功，還有預防瘟疫、保護身體健康之用。詩人巧妙地用一個「送」字，生動、形象地表達出人們喝了屠蘇酒，感覺到暖洋洋的春天已經來臨。

「千門萬戶曈曈日」一句文筆輕快，色調明朗，融情入境。春節代表一元復始、萬象更新，上至皇帝大臣，下至黎民百姓，均沐浴在初春朝陽的光照中，也沉浸在無限的希望裡。太陽還是那個太陽，生活卻有新的開始，這種溫暖的色調讓《元日》的畫面充滿積極向上的奮發精神。「千門萬戶」就是家家戶戶的意思，但細究起來也有不同。「戶」是個象形字，甲骨文中的「戶」像單扇門，本義多用於室內；「門」也是一個象形字，甲骨文中的「門」是由兩個「戶」字組成，可見「門」一般比「戶」要大，所以往往外院門叫「門」，裡屋門稱「戶」。「新桃」和「舊符」既是現實實景，辭舊迎新，取下舊桃符，換上新桃符，寄寓美好願望；又有深刻寓意，大宋王朝實施新政，奮發圖強，充滿生機，詩人心中有著必勝的信念。

王安石是北宋時期著名的政治家、改革家，革除舊政、推行新法是其畢生夙願。《元日》透過春節習俗來寄託自己的改革思想，含有強國富民的抱負和樂觀向上的精神，並指出了新生事物總要取代沒落事物這一普遍規律。

📖 拓展

相傳上古時，神荼、鬱壘能捉鬼，因此，新年時於門旁設兩塊桃木板，上面書寫二神之名或畫上其像，用以驅鬼避邪。西元九六四年除夕______末代皇帝孟昶（ㄔㄤˇ）在桃符上題寫「新年納餘慶，嘉節號長春」，通常認為這是有記載的最早的春聯。不過一語成讖，一年後趙匡胤將孟昶擄走，委用了呂餘慶去做地方長官。

A. 後蜀　B. 後唐　C. 後梁　D. 後晉

初二

次①北固山②下

［唐］王灣

客路③青山外，行舟綠水前。

潮平④兩岸闊，風正⑤一帆懸⑥。

海日⑦生殘夜⑧，江春入舊年。

鄉書何處達？歸雁洛陽邊。

注釋

①次：出外遠行時停留的處所。②北固山：在今江蘇省鎮江市北。③客路：旅人前行的路。④潮平：潮水漲滿。⑤風正：風順。⑥懸：垂直懸掛。⑦海日：海上的旭日。⑧殘夜：夜將盡未盡之時。

譯文

旅途行舟經過青翠的北固山下，小船航行在碧綠的江水之上。

潮水漲滿時兩岸水面更加寬闊，船帆順著風的方向垂直懸掛。

夜還未盡海面上旭日冉冉升起，舊年未過江南春天已經來臨。

我的家書應該送到什麼地方呢？歸雁幫我問候洛陽的親人吧。

📖 賞析

這首詩寫詩人乘舟行至北固山下，見到潮平岸闊、風輕帆直、殘夜歸雁，觸發心中的鄉思。全詩意境優美，用詞精當，尤其是「潮平兩岸闊，風正一帆懸」和「海日生殘夜，江春入舊年」兩句，馳譽在當時，傳誦於後世。

首聯寫異鄉遊子的行進足跡。從北固山中伸出，又蜿蜒伸向山外，沿水路疾馳的小船，也飛到綠水前面去了。「行舟綠水前」點明題意，是舟行北固山下的長江前。

頷聯寫放眼望去潮水湧漲，視野開闊，恢宏闊大，大江直流。「一帆懸」把波平浪靜的景色表現了出來，也正是借「風正一帆懸」的小景象傳達出風和波平、大江闊遠的大景象。句中「平」是「闊」的原因，「懸」是「正」的結果，此時見到此景，心中鬱積的思鄉之情稍稍得到了緩解。

頸聯寫夜色消盡，一輪紅日正從海上冉冉升起。詩人用「日」與「春」象徵美好的新生事物，並用「生」字和「入」字使之擬人化，賦予其意志和情思。江上春早，舊年已被新春替代，蘊含了萬事萬物更替的規律，鮮紅的「海日」誕生於黎明前的「殘夜」，絢麗的「江春」其實從「舊年」就開始孕育了。

尾聯表現詩人對洛陽親人的思念，以及長期旅居他鄉湧現出的真切鄉情。詩人正放舟於綠水之上，繼續向青山之外的客路駛去，望見一群大雁掠過晴空，想起了「雁足傳書」的故事，還是託大雁捎個信吧，「煩勞你們飛過洛陽的時候，替我問候一下家裡親友」。

📖 拓展

北固山北臨長江，山壁陡峭，形勢險固，與______並稱鎮江三山名勝。北固山因三國故事而名揚千古，辛棄疾曾有詞「何處望神州，滿眼風光北固樓」，即他登臨京口北固亭時，觸景生情，感慨三國盛衰興亡而作。

A. 茅山、焦山　B. 金山、焦山　C. 金山、茅山　D. 寶華山、老山

初三

城東[1]早春

［唐］楊巨源

詩家[2]清景[3]在新春，綠柳才黃[4]半未勻[5]。

若待上林花似錦[6]，出門俱是看花人[7]。

📖 注釋

①城東：指長安城東。②詩家：詩人的統稱。③清景：清秀美麗的景色。④才黃：剛剛長出嫩黃葉。⑤勻：均勻，勻稱。⑥錦：以三色以上緯絲織成的綢綾。⑦看花人：語義雙關，既指欣賞鮮花的人，又指在長安城中看花的進士及第者。

📖 譯文

詩人最愛清新清秀的早春，柳樹剛剛冒出嫩芽尚未長勻。

若等到京城繁花盛開之際，出門看到滿城都是如織遊人。

📖 賞析

詩人透過前兩句對細節的描寫，高度概括了早春的特點，後兩句虛寫仲春觀花的慣常盛況，更加反襯出早春的獨特之處與詩人的獨具慧眼。全詩構思巧妙、對比鮮明、含意深刻、格調輕快。

首句是詩人在長安城東遊賞時對所見早春景色的讚美。「詩家」並不僅指詩人自己，是詩人的統稱，首先點明詩人、文人們大多喜愛這早春景色，因為早春景色清新，還沒引起多數人的注意，所以環境顯得特別清幽，最能激發詩人的詩情。「清」字濃縮了早春景色清新的特點，環境的清幽給予人無盡的想像空間，表達出詩人對初春的喜愛之情，為後面抒發情感奠定了基礎。

第二句用一個最典型的細節特徵對早春景色進行了具體描繪。早春時，柳葉新萌，其色嫩黃，俗稱「柳眼」。其中「才」字與「半」字抓住了柳樹半綠半黃的特點，高度概括出早春全景。在清爽的春風拂動下，柳枝微曳，新芽初綻，星星點點的嫩黃色點綴在柳枝之間，此時柳樹整體的顏色還未勻稱，這樣的景色充滿希望、生機盎然，令人心曠神怡。

早春時節，氣候寒冷，百花尚未綻開，還不能引起人們的注意。後兩句用「若待」二字一轉，想像上林苑繁花似錦時，群花盛放，遊人如織，爭相賞花，熙熙攘攘。結合首句的「詩家」來看，詩篇特意用文人的眼光來寫，「出門俱是看花人」也是隱喻之筆，讀書人功成名就時，猶如花開錦繡、紅映枝頭，人們爭相仰慕，趨之若鶩。這兩句的深層意義在於：求賢訪能、選拔人才，應在他們尚未顯山露水之際，若能善於辨別、大膽扶持，他們就會迅速成材，擔當大用。

🕮 拓展

此詩寫詩人對早春景色的熱愛，前兩句突出早春之意，後兩句用豔麗景色襯托早春的美景。「若待上林花似錦」中的「上林苑」是指在______修建的宮苑，有多種功能和遊樂內容，其規模宏偉、宮室眾多，有渭、涇、灃、澇、潏、滈、滻、灞八水出入其中，花開錦簇，鬱鬱葱葱。

A. 秦漢時期　B. 唐朝初期　C. 盛唐時期　D. 晚唐時期

初四

春曉

［唐］孟浩然

春眠不覺曉[①]，處處聞啼鳥[②]。

夜來風雨聲，花落知[③]多少。

注釋

①不覺曉：不知不覺天就亮了。②啼鳥：鳥的啼叫聲。③知：不知，表示推想。

譯文

春天睡醒不覺天已大亮，處處聽見鳥兒清脆的叫聲。

想起夜晚聽到的風雨聲，鮮花不知道被吹落了多少。

賞析

詩人選取了清晨睡醒時剎那間的感情片段進行早春的描寫，融入鳥鳴聲、風雨聲，描繪出春天特有的景色，充滿對大自然春色的喜愛，韻味無窮，風格清新，自然天成。詩中用二十個字將多種情感交織在一起，產生獨特的藝術意境，成為千古傳誦的名篇佳作。

首句破題，「春」字點明季節，「曉」字點明具體時間，寫出春眠的無比香甜。在溫暖的春夜中睡眠是最香的，以至於旭日東昇，才甜夢初醒，「不覺」是潛移默化中不知不覺，流露出詩人春日的喜悅心情。詩人從中覓得自然變幻的真趣、初春環境的神髓。「處處聞啼鳥」一句則如行雲流水，渾然天成，春天的勃勃生機透過聽覺傳達至詩人的心靈。「聞啼鳥」即「聞鳥啼」，表現詩人醒了，但並沒有馬上起來，最先聽到婉轉悅耳的鳥鳴聲。春日早晨的鳥雀是活潑跳躍的、生機勃勃的，與題中「曉」字互相映襯。「處處」則指彷彿置身於森林之間、林蔭路上，聞到天籟之音，透出自然妙鏡和無邊春色。

接著行文又起伏跌宕，詩人想起昨夜蕭蕭的「風雨聲」，在靜謐的春夜中一場風雨是否會摧殘百花，遍地肅殺呢？一夜之間「花落知多少」呢？將詩人的某種情感寄託在對是否落花的嘆息上，這情感可能是對初春的愛惜，也可能是昨夜輾轉反側的情思；可能是對美好事物逝去的惋惜，也可能是對歲月流逝的嘆惜，更可能是兼而有之。總之，《春曉》一詩意味悠長的地方，在於它情感的複雜性。當詩人推開窗子時，鏡頭定格在這一剎那，詩中沒有回答看見了什麼，反而讓讀者去思索，留出豐富的想像空間，才更加耐人尋味。

詩人用看似隨性的淡淡幾筆，寫春之聲已令人應接不暇，春風春雨，瀟瀟灑灑，眾芳搖曳，花落誰家？詩中情感的微妙變化，富有情趣，能給人帶來無窮興味。

拓展

孟浩然，襄州襄陽人（今湖北省襄陽市），唐代著名山水田園派詩人，早年曾在家鄉山中隱居，後入長安考進士而不中，謀求官職而不得，還歸故鄉後隱居修道終身。《春曉》即他早年隱居在______時所作。

A. 終南山　B. 鹿門山　C. 廬山　D. 九宮山

立春

早春呈水部張十八員外（其一）

［唐］韓愈

天街①小雨潤如酥②，草色遙看近卻無。

最是③一年春好處④，絕勝⑤煙柳滿皇都⑥。

注釋

①天街：京城的街道。②酥：鬆脆，與禾、酉（代表酒）有關，多指食物。③最是：正是。④處：時。⑤絕勝：遠遠超過。⑥皇都：指長安。

譯文

京城街道上小雨細膩如酥，遠望一片草色近看卻稀稀疏疏。

正是一年最美的早春時節，遠遠勝過長安綠柳成蔭的時候。

🕮 賞析

《早春呈水部張十八員外》共兩首，第一首著重寫景，極言早春景色之美，希望觸發弟子兼友人的遊興。第二首著重抒情，表達不要說官事煩冗、年紀老大，應該忙裡偷閒，到江邊遊春散心。此為第一首，可以看出，詩人雖然年近花甲，卻不因歲月流逝而悲傷，而是興致盎然地迎接春天的到來。

首句描寫早春雨景。以「潤如酥」來形容春雨的細滑潤澤，準確地捕捉到春雨的特點——綿、軟、柔、細。正因為這種伴隨氣溫回升而來的春雨是「潤物細無聲」的，所以人們感嘆「春雨貴如油」！早春這個時節孕育著無限生機，背後展現出一派萬物復甦、欣欣向榮的景象。

第二句描寫早春草色。詩人運用簡樸的文字寫出春草剛剛發芽時若有若無、稀疏零落的特點，緊扣題目中的「早春」二字。此時草木萌動，在春雨的滋潤下，隨著地中陽氣的升騰而抽出嫩芽。詩人正是透過細緻入微的觀察，描寫了長安初春時「草色遙看近卻無」的優美景色，與同一時期的詩人楊巨源《城東早春》中「綠柳才黃半未勻」有異曲同工之妙，表達出詩人對春天生機蓬勃景象的敏感以及由此而引發的喜悅之情。

第三、第四句直抒胸臆，對初春景色大加讚美。這種早春的綿柔小雨和稀疏草色是一年春光中最美的景緻，遠遠超過了楊花滿城、綠柳成蔭的仲春和晚春景色。詩人還抓住了「煙柳」

這一特點，柳絮飄飛之後，遠遠望去連成一片，如煙似霧，所以稱「煙柳」。詩人細緻入微的觀察、入木三分的刻劃，加之造句優美、構思新穎，給人一種早春時節滋潤、舒適和清新的美感。

📖 拓展

西元八二三年早春，韓愈已經五十六歲，作此詩時任吏部侍郎，此詩是寫給當時任水部員外郎的______。因其在兄弟輩中排行十八，故稱「張十八」。韓愈約他遊春，他以事忙年老為由推辭，於是韓愈作兩首詩寄贈之。第二首「莫道官忙身老大，即無年少逐春心。憑君先到江頭看，柳色如今深未深。」更為直接。二人是否出遊不得而知，第二年冬，韓愈因病去世。

A. 張鎰　B. 張籍　C. 張說　D. 張九齡

初六

絕句二首（其一）

［唐］杜甫

遲日[①]江山麗，春風花草香。

泥融[②]飛燕子，沙暖睡鴛鴦[③]。

📖 注釋

①遲日：指春天白日漸長。②泥融：泥土溼軟。③鴛鴦：一種水鳥，雄鳥與雌鳥常成對生活。

📖 譯文

春日漸長，秀麗江山沐浴在陽光下，春風送暖，飄來陣陣的花草芳香。

泥土溼潤，燕子飛來飛去忙於築巢，沙子暖和，睡著成雙成對的鴛鴦。

📖 賞析

《絕句》「遲日江山麗」與《絕句》「江碧鳥逾白」為組詩，前者抓住景物特點寫春色，展現了詩人渴望祥和的情懷。畫面優美、格調柔和，能引發讀者的喜春之情。

首句就從大處著墨，在初春燦爛陽光的照耀下，展現出一幅絢麗的江山春景。「遲日」即春日白天漸長，突出初春陽光和煦、春回大地、萬物復甦。「江山」二字更有深意，以超出詩人的視線範圍，營造出一種更廣闊的意境，「麗」字則統領全篇，將燦爛春光寫到極致，並用溫暖的色調將後三句描寫的景象融為一體。第二句進一步以和煦的春風、初放的百花、如茵的芳草、濃郁的花香進行渲染，使讀者從嗅覺上即可感知明媚的大好春光。詩人筆下的「花草」，沒有過多著墨，即可展現欣欣向榮、色彩明麗、心曠神怡、充滿生機的景象。前兩句用「遲日」、「江山」、「春風」、「花草」來描繪春天到來時詩人心中的欣喜，又以「麗」、「香」強烈地突出視覺和嗅覺感受，令人身臨其境。

「泥融飛燕子，沙暖睡鴛鴦」描繪了兩處特定畫面：溪岸邊，冰雪融盡，泥土潮溼而鬆軟，燕子輕盈地飛來飛去，啣泥築巢，十分忙碌；河灘上，沙土溫暖，鴛鴦成雙成對，相依相偎，恬靜安睡，十分可愛。燕子飛舞的動態和鴛鴦慵睡的靜態相映成趣，一個「飛」字，一個「睡」字，既呼應了首句的「遲日」，又寫出飛燕的繁忙、鴛鴦的閒適，蘊含著春天的勃勃生機，透出令人喜愛的溫柔春意。這既展現出詩人對初春時節自然界一衍生機、欣欣向榮的歡悅情懷，更表達了詩人心中對舒適安逸生活的嚮往。

全詩以初放的百花、如茵的芳草、濃郁的芳香展現出明媚的大好春光。杜甫詩風簡潔質樸、用詞精當、詩入畫境，水平之高，常人難以企及。

📖 拓展

杜甫的詩中有不少「以詩為畫」的作品。這一組五言絕句，色彩明麗、意境悠遠、格調清新，是極富詩情畫意的佳作。此詩作於______，此時詩人的心情與「白頭搔更短，渾欲不勝簪」、「南村群童欺我老無力，忍能對面為盜賊」時的心情截然不同。

A. 長安　B. 洛陽　C. 岳陽　D. 成都

初七

憶江南·江南好

［唐］白居易

江南好，風景舊曾諳[①]。

日出江花[②]紅勝火，春來江水綠如[③]藍[④]。

能不憶江南？

注釋

①諳（ㄢ）：熟悉。②江花：一說指江邊的花朵；一說指江中的浪花。③如：於，此處有勝過的意思。④藍：藍草，其葉可製青綠染料。

譯文

江南好，風景曾經是多麼的熟悉。

陽光把江中的浪花照得比火還紅，春來到，江水碧綠如浸染的藍草。

怎能不讓人懷念風景秀美的江南？

賞析

白居易在西元八二二年至八二六年間曾分別擔任杭州刺史和蘇州刺史，後與劉禹錫相伴遊覽於揚州、楚州一帶。回洛陽後時常回憶起江南的美景，作《憶江南三首》，此為第一首，詞人回憶了整個江南的春景，色彩豔麗，對仗工整，膾炙人口。後一首為回憶杭州（「江南憶，最憶是杭州；山寺月中尋桂子，郡亭枕上看潮頭。何日更重遊？」）分別從宏觀、微觀角度回憶江南。

開篇即直抒胸臆讚頌「江南好」，江南的好，不但來自秀麗的風景，更源於當時詩人明朗的心情。詩人在杭州擔任刺史時，發動民工修築堤壩水閘，增加湖水容量，解決了數十萬畝農田的灌溉問題。詩人在蘇州任刺史時，為了便利蘇州水陸交通，開鑿了一條長約七里的道路，政績不菲，受到杭州、蘇州百姓的愛戴。這與五百年後的文人心情自然不一樣，那時「江南依舊稱佳麗」，但「何處望神州，滿眼風光北固樓」。正因為江南風景「好」、心情「好」，才不能不「憶」。詩人從大處著筆，「日出江花紅勝火，春來江水綠如藍」妙筆生花，從宏觀層面寫出「江南好」。「日出」、「春來」表現出彷彿置身於春來百花開、暖日當頭照的實景。詩中「日」、「花」、「紅」將三種紅色色彩重複使用，讓紅的更紅，即「紅勝火」。這裡的「江花」二字所指一直存在爭議，主流理解為「江邊的鮮花」，但結合「日出」的光線條件來看，「江中的浪花」才更形象，也更能給詩人留下長久的記憶。詩中「春」、「水」、「綠」將三種綠色色彩重複使用，讓綠的更綠，即「綠如藍」。這裡的「藍」並非指藍色，而是指用藍草染製成青綠色的意思。「火」和「藍」的使用，足見層次之豐富，比喻之貼切、妥當。

結句「能不憶江南？」回應了「風景舊曾諳」，將「憶」字貫穿始終。這個反問句，說明詩人久居洛陽，對江南春色有著無限讚嘆與懷念。

📖 拓展

白居易的這首《憶江南》中有「春來江水綠如藍」，晚唐詩人李商隱有詩云「含煙帶月碧於藍」，北宋詩人黃庭堅有詩云「學為古人青出藍」。詩中的「藍」是指______。

A. 藍草　B. 蘭花　C. 伽藍　D. 藍色

初八

寄李儋元錫[1]

［唐］韋應物

去年花裡逢君別，今日花開又一年[2]。
世事茫茫難自料，春愁黯黯[3]獨成眠。
身多疾病思田裡，邑有流亡[4]愧俸錢[5]。
聞道欲來相問訊[6]，西樓望月幾回圓。

📖 注釋

①李儋（ㄉㄢ）元錫：李儋，字幼遐；元錫，字君貺，二人為韋應物至交。②又一年：一作「已一年」。③黯黯：低沉黯淡。一作「忽忽」。④邑有流亡：指在自己管轄的地區內還有百姓流亡。⑤愧俸錢：自己拿國家的俸祿而感到很慚愧。⑥問訊：探望。

📖 譯文

去年花開時節我們依依惜別，至今分別已有一年又見花開。

真是世事茫茫命運難以預料，春愁心神黯淡令我孤枕難眠。

身體多病我真心想歸隱田園，想到百姓流亡於國於民有愧。

聽說你們將要來此地探望我，我在西樓眺望已有幾個月了。

📖 賞析

這首詩是韋應物在任滁州刺史時寄給他的朋友李儋和元錫的，有的選本說：「李儋，字元錫。」是誤把兩個人當作一個人了。韋應物和李儋、元錫常有酬唱，這首詩集中表現出詩人在向自己的知心朋友暢敘衷曲，抒發埋藏在心底的苦悶和煩惱、鄉思和離愁。

首聯意在敘說別後光陰荏苒。建中二年（西元七八一年）秋，元錫自揚州赴京應進士試，次年春應試完畢，他曾與李儋一起探訪韋應物。「去年花裡逢君別」說的正是這次春遊後的分袂。而據「又一年」一句可推斷出，寫詩時，詩人離開京城到滁州赴任已近一年了。「世事茫茫」與「春愁黯黯」反映出詩人將一年來的經歷連繫起來，好不容易才謀到一個員外郎的職位，卻站不住腳。去年春天分手時，韋應物還在京中任職，而今年春天，自己卻被打發到一個偏僻小郡來了，箇中辛酸、無限感慨無處訴說，在春日裡也感到百無聊賴，一籌莫展，無所作為，黯然無光。

頸聯是全詩的重心所在，具體寫詩人的思想矛盾。韋應物被擠出京城，第一次遠離家鄉，又體弱多病，浸透著孤獨寂寞之感和強烈的思鄉之情。這些情感促使他想辭官歸隱，但看到百姓貧窮逃亡，自己未盡職責，於國於民都有愧，所以還不能一走了之。在這樣進退兩難的矛盾苦悶處境下，詩人十分需求友情的慰勉，自然盼望好友的到來。「聞道欲來相問訊，西樓望月幾回圓」這一句就充分表現了他這種迫切的心情，而詩人對兩位至交的深厚友誼也溢於言表。因為韋應物的誠懇，在這一年的暮春，李儋到了滁州，初夏，元錫也相繼而至。

📖 拓展

《寄李儋元錫》起於分別，終於相約，展現了朋友間的深摯友誼。韋應物的心病在於＿＿＿＿，展現出其仁者憂時愛民的心腸，頗受後人讚揚。范仲淹嘆為「仁者之言」，朱熹盛稱「賢矣」。這些評論都是從思想性著眼的，讚美的是韋應物的思想品格。

A. 去年花裡逢君別　B. 世事茫茫難自料　C. 身多疾病思田裡　D. 邑有流亡愧俸錢

初九

溪居即事

［唐］崔道融

籬[1]外誰家不繫[2]船，春風吹入釣魚灣。

小童疑[3]是有村客，急向柴門[4]去卻[5]關[6]。

注釋

①籬：用竹、葦、樹枝等編成的圍牆屏障。②繫：拴，捆綁。③疑：懷疑，以為。④柴門：木製的門，此處指家門。⑤去卻：去掉。⑥關：指柴門的栓卡、鉤環等。

譯文

籬笆外不知是誰家沒有繫好的船隻，春風把小船兒吹進釣魚灣。

小孩看到以為是鄰村客人過來做客，急忙奔去把柴門栓卡開啟。

🕮 賞析

題目為「即事」，是以當前的事物為題材即興所作的詩。這首詩寫詩人眼前所見，信手拈來，所寫雖是日常生活小事，卻勾畫出一幅恬靜幽美、平和自然的水鄉春日圖景，給予人美的薰陶。

首句中詩人見到「誰家不繫船」，似乎是無意中注意到生活中的這件瑣事，暗想一定是哪一家人粗心，勞作完畢忘了把船繫上。次句中「春風」二字，不僅點時令，也道出了船的動因。春潮上漲，水滿則溢，隨著春潮的湧動，小船才會隨著水勢和風勢，由遠至近，悠悠蕩蕩地一直漂進釣魚灣。「不繫船」可能出於人的無心，「春風吹入」則是出於春的無心，突然使整個畫面鮮活了起來，生機盎然。

後兩句「小童疑是有村客，急向柴門去卻關」中的動作銜接是非常緊密的。有一位小孩正玩得高興，突然發現有船進灣了，以為是村裡來了客人，急急忙忙地跑回去，把「柴門」開啟。這兩句中「疑」、「急」二字用得十分形象，把一個正在村邊玩耍的兒童看到船兒進入水灣，「疑」是客人來了，就「急」忙跑回去開啟柴門迎客的動作寫活了，把兒童那種好奇、興奮、大意、急切的心理狀態描繪出來了。

詩人勾勒出清新淡雅的水邊小村，用掩閉的柴門、疏落的籬笆、漂蕩的小船，構成一幅寧靜、優美、富有農村生活氣息的圖畫。詩人還捕捉到這幅圖畫中在一剎那間發生的生活小事，刻劃出一個熱情純樸、天真可愛的兒童形象。

📖 拓展

《溪居即事》採用白描手法，不做作、不塗飾，樸素自然，可謂洗盡鉛華，得天然之趣，因而詩味濃郁，意境悠遠。「籬外誰家不繫船，春風吹入釣魚灣」一句能讓人隱約想起______中的「釣罷歸來不繫船，江村月落正堪眠」。從「不繫船」可見悠然自得的人物形象，領略到一種生活情趣和閒適心情。

A. 溫庭筠《晚歸曲》　B. 劉禹錫《採菱行》　C. 司空曙《江村即事》　D. 釋志南《絕句》

初十

江南春

［唐］杜牧

千里鶯啼綠映紅，水村山郭①酒旗②風。

南朝③四百八十寺④，多少樓臺⑤煙雨中。

📖 注釋

①山郭：依山而建的城。②酒旗：即用布綴於竿頂，懸在店門前的酒簾。③南朝：東晉以後，漢族先後於長江以南建立

了宋、齊、梁、陳四個朝代的總稱。④四百八十寺：是虛指，指南朝皇帝和大官僚好佛，在京城大建佛寺。⑤樓臺：涼臺，高樓的露臺，此處指寺院建築。

譯文

江南大地鶯歌燕舞花紅柳綠，水村和城寨到處都是酒旗招展。

南朝遺留於世的無數座古寺，多少樓臺掩映在迷濛的煙雨中。

賞析

這首詩描繪了江南明媚的春光，再現了江南煙雨迷濛的樓臺景色。詩中景物眾多，色彩絢麗，使江南風光更加神奇迷離。全詩語言簡潔明快，栩栩如生，別有一番情趣在其中。

「千里鶯啼綠映紅，水村山郭酒旗風。」前兩句總覽江南春景之美。與白居易《憶江南》中「日出江花紅勝火，春來江水綠如藍」所不同的是，杜牧的這首《江南春》是相對具體的，處處都是鶯歌燕舞、桃紅柳綠，叢叢綠樹伴隨著簇簇紅花，顯得特別熱鬧。遠遠望去，在臨水的村莊、依山的城寨，到處都有迎風招展的酒旗。可見遼闊的江南大地上，一片生機盎然，有聲有色，立體生動，豐富多彩。

「南朝四百八十寺，多少樓臺煙雨中。」從前兩句一派安寧平和的迷人景象轉入詩人對歷史事件的深思與對王朝更替的感慨中。「四百八十寺」是虛數，以表達佛家寺院在南朝時期數量之多、範圍之廣，但金碧輝煌、樓臺眾多的佛寺在經歷時代的動盪後都已不復存在了。「煙雨中」三字給本是絢麗多姿的春色增添了一層迷濛之感，融入了眾多意境。這樣的唱嘆，極能引人遐想。

在杜牧生活的晚唐時代，佛教又如南朝時一樣再次發展壯大，詩人借江南春色的描繪，既讚美了江南春景的豐富多彩，又抒發了興亡之感和對時事的憂傷之情，提醒晚唐的統治者不要重蹈覆轍，表達了詩人憂國憂民的思想。

🕮 拓展

詩中以簡潔語言描繪南朝佛教的興盛。南朝時期，______極力倡導發展佛教，他還下令僧人必須吃素，從此，漢傳佛教形成了吃素的傳統；他曾四次捨身同泰寺當和尚，老年時剛愎自用，廣建佛寺，重用奸臣，不理朝政，最終在飢渴交加中逝世。

A. 宋高祖劉裕　B. 陳武帝陳霸先　C. 齊太祖蕭道成　D. 梁武帝蕭衍

十一

春夜洛城聞笛

［唐］李白

誰家玉笛①暗飛聲，散入春風滿②洛城③。

此夜曲中聞折柳④，何人不起故園⑤情。

注釋

①玉笛：玉製的笛子，笛子的美稱。②滿：傳遍。③洛城：今河南洛陽。④折柳：即古樂曲《折楊柳》，多為懷念之作。⑤故園：故鄉，家鄉。

譯文

是誰家在暗暗地吹奏笛子，笛聲隨春風傳遍了整個洛陽城。

今夜聽到《折楊柳》樂曲，哪個人的心中不生起思鄉之情。

賞析

這首詩全篇緊扣一個「聞」字，抒寫自己聞笛的感受。題中「春夜」點出季節及具體時間，「洛城」表明詩人客居洛陽，洛陽在唐代是一個很繁華的都市，時稱東都。此詩描寫了詩人旅居洛陽時，在寂靜的深夜裡，難以成眠，忽然傳來時斷時續的笛聲，勾起了他的思鄉情懷。

首句未見其人，只聞其聲，故言「誰家」，「誰家」與「暗」照應，含有隱約含蓄之意。這裡的「暗」字用得十分恰當，有多重意義，既描述夜深人靜時笛聲暗送，似乎是專門飛過來給在外來客聽的，又有暗暗撥動客居他鄉遊子心緒離愁之意。第二句「散入春風滿洛城」用誇張的藝術手法，只存在於詩人的想像中。一個「散」字，一個「滿」字，彷彿這優美的笛聲飛遍了整個洛城，想像中全城的人都能聽到。夜之寧靜，笛之悠揚，導致詩人夜不能寐，心緒越加孤寂。

一般來說，「聞笛」應是悅耳賞心之雅事，然而第三句之「聞折柳」卻深深地觸動了詩人的思鄉之痛。可見這令羈旅者愁腸寸斷的「折柳」曲，才是全詩的點睛之筆。因「柳」有「留」之意，古人離別時常折柳枝相贈，表依依不捨之意，詩中的「折柳」，既指曲名，又代表一種風俗、一種情緒。《折楊柳》曲傷離惜別，其音哀怨幽咽，適合「暗飛聲」的意境。

第四句只說「何人」心潮起伏不定，不直言說「我」，「何人」是說哪個人能不被引發思念故鄉家園的情感呢！足見詩人自己情動之深、鄉思之切。此詩大約作於西元七三四年，距離李白離開家鄉已經整整十年了，當時他懷揣理想離開了故鄉，可惜夢想至今尚未如願，所以當他夜裡聽到《折楊柳》曲時，想起遙遠的故鄉，心中該是何等愁苦。

全詩含蓄委婉，水到渠成，戛然而止，更見詩人感觸之深、思鄉之切，令人回味無窮。

📖 拓展

《折楊柳》傳說源於漢代______從西域傳入的《德摩訶兜勒曲》(或譯為《摩訶兜勒》),西漢音樂家李延年將其編為二十八首「鼓吹新聲」,用來作為樂府儀仗之樂,是中國歷史文獻上最早明確標有作者姓名及樂曲名的曲子。

A. 班超　B. 班固　C. 張騫　D. 衛青

十二

竹枝詞(其一)

[唐]劉禹錫

楊柳青青江水平,聞郎①江上踏歌②聲。

東邊日出西邊雨,道③是無晴④卻有晴。

📖 注釋

①郎:對年輕男子或情人的稱呼。②踏歌:唱歌時以腳踏地為節奏。一作「唱歌」。③道:說,講。④晴:與「情」諧音。古樂府詩詞,或出謎面,或出謎底,兩作「晴」者用謎面,兩作「情」者用謎底。既各有合於古樂府詞例,不妨並存。

🕮 譯文

岸邊楊柳青青，江上水面如鏡，聽見情郎在江上的踏歌聲。

東邊太陽出來，西邊還在下雨，說是天沒有晴吧但還有晴。

🕮 賞析

這是劉禹錫《竹枝詞》中的一首，描寫了一個初戀的少女在柳色青青、江平如鏡的春日裡，聽到情郎歌聲時所產生的內心活動。

首句以景起興，勾勒出江南春光美景。春江、楊柳這些美景，都是少女的眼中所見，眼前豔麗的景物最容易引起少女的情思，含蓄地表達了這位少女微妙的感情。於是很自然地引出第二句「聞郎江上踏歌聲」。「郎」是少女所思所想的另一半，「郎」的「踏歌聲」就像一塊石頭投入平靜的江水，濺起一圈圈漣漪，激起了少女的感情波瀾。兩句連在一起可以看出，一位情竇初開、情感豐富、內心含情的少女，在這樣一個生機盎然的春日裡，內心世界起伏不定。

後兩句「東邊日出西邊雨，道是無晴卻有晴」用語意雙關的手法，做巧妙的隱喻。用「東邊日出西邊雨」表達感情的難以捉摸、心情的忐忑不安，用「晴」和「情」諧音雙關，表面上說晴雨天氣的「晴」，實際上說內心情感的「情」。儘管少女情有獨鍾，但她所愛慕的人尚未明確表態，所以她的內心忽陰忽晴，時喜時憂。不過，從句中的「無」和「有」兩字的順序來看，著重的是「有」，這使少女聽了，也能辨清情郎對她還是有情的，正因如此，她的內心又不禁喜悅起來。

劉禹錫的傳世作品中，有《竹枝詞》十一首，在另外一首《竹枝詞》中有「山桃紅花滿上頭，蜀江春水拍山流。花紅易衰似郎意，水流無限似儂愁」。刻劃了一個熱戀中的農家少女形象，戀愛給她帶來了幸福，也帶來了憂愁，當她看到眼前的自然景象的時候，這種藏在心頭的感情頓時被觸發。與這首《竹枝詞》所表達的內容十分接近，可以作為補充閱讀。

📖 拓展

《竹枝詞》原為一帶民歌，唐代詩人劉禹錫根據＿＿＿民歌創作新詞，多寫男女愛情和三峽風情，流傳甚廣。劉禹錫身為把民歌變成詩詞體的文人，對後代影響很大，後代詩人多以《竹枝詞》為題描寫愛情和鄉土風俗。

A. 巴渝　B. 江南　C. 兩浙　D. 雲貴

十三

題都城[1]南莊

［唐］崔護

去年今日此門中，人面[2]桃花相映紅。

人面不知何處去，桃花依舊笑[3]春風。

注釋

①都城：指京城長安。②人面：指姑娘的臉。③笑：此處形容花盛開的樣子。

譯文

去年今日就在這扇門裡，姑娘的臉龐和鮮豔的桃花交相輝映。

不知姑娘如今身在何處，此地只有桃花依舊盛開在春風之中。

賞析

這是一首抒情詩，詩中用質樸的語言讓讀者體會到一種物是人非的遺憾之感。詩人用個人的邂逅，寫出人們共性的悵惘和情感的起伏。每個人在特定的時間、特定的地點，都遇到過特定的人，而當日後我們再在相似的時間，來到那個曾經的地點時，卻不可避免地找不到那個曾經自己在乎的人了，甚至包括曾經的自己。

全詩分兩個場面：第一個場面是「去年今日此門中」，詩人抓住了尋春遇豔整個過程中最美麗動人的一幕。首句點出時間、地點，寫得非常具體，足見這個時間和地點在詩人心中的重要性，而且含蓄地表現出詩人當時目注神馳、心潮湧動的情感，也表現出雙方含情脈脈、心照不宣的情景。第二個場面是今年今日「此門中」，今年還是春光爛漫的時間，還是桃花盛開的季節，然而，使這一切都增光添彩的「人面」卻不知何處去了，只剩下門前一樹「桃花」仍舊在「春風」中凝情含笑。正是這種相互交織的畫面，越發展現了詩人內心深處的落寞和惆悵。

世上總有些人，等到千帆過盡才開始回頭；世上總有些事，等到物是人非才開始懷念。整首詩反覆出現「人面」「桃花」，透過「去年」和「今日」同時、同地、同景而「人不同」的映照對比，有同有異、有合有分、有續有斷。回不去的是曾經，留不住的是風景，想起去年的邂逅，詩人心中的思念之情再也無法控制，也正因為有那樣美好的記憶，才會有失去之後的分外悵惘，因而有「人面不知何處去，桃花依舊笑春風」的遺憾之情。

傾心相遇，卻無奈錯過，這樣的悔恨引起了千古共鳴，這也是這首詩能傳唱不衰的原因之一。根據唐人《本事詩》記載：「崔護舉進士不第，清明日，獨遊都城南，有女子自門隙窺之。及來歲清明日，忽思之，情不可抑，徑往尋之。門牆如故，而已鎖扃之，於是題寫此詩。」

📖 拓展

崔護以這首詩一詩定名，成就了他名垂詩史的地位，後世文人常常引用這一典故進行創作，最出名的要數戲劇家以這一典故為基礎創作了一齣京劇《______》，書寫一段浪漫唯美又頗具傳奇色彩的愛情故事。

A. 遊園驚夢　B. 人面桃花　C. 雙玉緣　D. 桃花女

十四

生查子・元夕

［北宋］歐陽修

去年元夜①時，花市②燈如晝③。

月上柳梢頭，人約黃昏後。

今年元夜時，月與燈依舊。

不見去年人，淚溼春衫④袖。

📖 注釋

①元夜：元宵之夜。即農曆正月十五夜，又稱上元節、燈節。②花市：賣花、賞花的集市。③燈如晝：燈火像白天一樣明亮。④春衫：年少時穿的衣服，也指年輕時的自己。

📖 譯文

去年元宵夜的時候，花市上的燈光亮如白晝。

與你相約在黃昏後，當時月亮正掛在柳梢頭。

今年元宵夜的時候，月光與燈光都明亮依舊。

卻見不到去年的你，相思之淚溼透我的衣袖。

📖 賞析

明代徐士俊認為，元曲中「稱絕」的作品都是仿效此詞而來，可見其對這首《生查子》讚譽之高。不過，此詞的作者一說為歐陽修，一說為朱淑真，一說為秦觀，《樂府雅詞》錄入歐陽修詞，被學者認定為歐陽修懷念其妻子楊氏夫人所作。無論如何，「月上柳梢頭，人約黃昏後」已經成為流傳後世的經典佳句。此詞言語淺近，情調哀婉，用「去年元夜」與「今年元夜」兩幅元夜圖景，展現相同節日裡的不同情思。

前四句描繪「去年元夜時」年輕男女相約逛「花市」的歡樂、熱鬧、祥和、幸福的情景。繁華的花市、擁擠的人群，都抵不上情人間互訴衷腸的溫馨幸福。「月上柳梢頭，人約黃昏後」這一句表明主角對當時的時間記憶是十分深刻和具體的，是在黃昏後「月上柳梢頭」之時，寫出戀人在月光柳影下兩情依依、情話綿綿的景象，製造出一種朦朧清幽、婉約柔美的意境。

後四句轉到今年，眼前的景象與去年沒有兩樣，圓月仍然高掛夜空，花燈仍然如同火樹銀花，但是卻找不到去年的意中人，甜蜜幸福的時光已然不再，主角孤獨一人，面對圓月花燈不禁傷感滿懷，悲從中來。昔日一往情深的戀人如今不能想見，難免「淚溼春衫袖」，一個「溼」字，將物是人非、舊情難續的感傷表現得淋漓盡致。

全詞以獨特的藝術構思，運用今昔對比、撫今追昔的手法，巧妙地抒發了物是人非、不堪回首之感。與崔護的名作《題都城南莊》中「去年今日此門中，人面桃花相映紅。人面不知何處去，桃花依舊笑春風」有異曲同工之妙。

📖 拓展

正月是農曆的元月，古人稱「夜」為「宵」，正月十五是一年中第一個月圓之夜，所以稱為「元宵節」。______時期，為了弘揚佛法，朝廷下令正月十五夜在宮中和寺院「燃燈表佛」。故而，燃燈的習俗隨著佛教文化影響的擴大逐漸遍布民間。

A. 西漢　B. 東漢　C. 三國　D. 隋唐

元宵

青玉案・元夕

［南宋］辛棄疾

東風夜放花千樹[1]，更吹落，星如雨[2]。寶馬雕車[3]香滿路，鳳簫[4]聲動，玉壺[5]光轉，一夜魚龍舞[6]。

蛾兒雪柳黃金縷[7]，笑語盈盈暗香去。眾裡尋他千百度[8]，驀然[9]回首，那人卻在，燈火闌珊[10]處。

注釋

①花千樹：花燈如千樹花開。②星如雨：煙火紛紛，亂落如雨，極言元夕花炮之盛。③寶馬雕車：豪華的馬車。④鳳簫：一指簫的美稱；一指美妙的簫聲。⑤玉壺：鮑照《代白頭吟》有「清如玉壺冰」，後來唐宋詩詞多用「玉壺」「冰壺」喻月。⑥魚龍舞：指舞動魚形、龍形的綵燈。⑦蛾兒雪柳黃金縷：此處指盛裝的婦女。⑧千百度：指次數多。度：次，回。⑨驀（ㄇㄛˋ）然：突然，猛然。⑩闌珊：零落稀疏的樣子。

譯文

煙火像被東風吹散的千樹繁花，亂落如雨。豪華的馬車駛過，滿路飄香。美妙的簫聲迴盪，皎潔的明月轉動，整夜綵燈舞動。

女人們穿著盛裝，戴著漂亮飾品，所過之處有說有笑暗香飄散。在人群中尋他無數遍，猛然回頭，卻在燈火稀疏處發現了他。

📖 賞析

作為豪放詞代表的辛棄疾，這首《青玉案》與婉約派的晏殊、柳永、李清照相比，藝術成就毫不遜色。

上闋寫元宵之夜的盛況。「東風夜放花千樹」化用岑參「千樹萬樹梨花開」之句，東風還未催開百花，卻先吹放了元宵節的火樹銀花。達官顯貴們攜帶家眷出門觀燈，不但有視覺感受，還有嗅覺、聽覺感受。「鳳簫」是排簫一類的吹奏樂器，這裡泛指音樂，「玉壺」在轉，「魚龍」在舞動，種種麗字，寫盡繁華，渲染出一片熱鬧祥和的場面。

下闋寫女性和意中人。這些女性身著盛裝、香氣撲鼻，賞燈過程中有說有笑，詞人還抓住了她們的一大特點，即在她們走後，還有香氣在四處飄散。但這些佳麗都不是詞人關切之人，「眾裡尋他千百度」道出了詞人在萬千人群中只尋找一人，寫盡尋覓之苦。「驀然回首」一句彷彿電影中一個特寫鏡頭，此時，眼睛一亮，發現他（她）站立在昏暗的地方。可見人們都在流光溢彩的熱鬧場中，而他（她）卻在熱鬧圈外，他（她）可以指一個人，也可以指一種象徵。他（她）不慕繁華，自甘寂寞，與那些盛裝的女性形成鮮明對比，詞人找到他（她）時，驚喜與激動交織在一起，動人非凡。最怦然心動的相遇便是這「驀然回首」，在最美好的時間，遇見最合適的人，整首詞戛然而止，留下無比廣闊的想像空間。

🕮 拓展

梁啟超稱此詞「自憐幽獨，傷心人別有懷抱」。______說：「古今之成大事業、大學問者，必經過三種之境界：『昨夜西風凋碧樹，獨上高樓，望盡天涯路』此第一境也。『衣帶漸寬終不悔，為伊消得人憔悴』此第二境也。『眾裡尋他千百度，驀然回首，那人卻在，燈火闌珊處』此第三境也。」

A. 王國維　B. 胡適　C. 陳寅恪　D. 魯迅

十六

塞上聽吹笛

［唐］高適

雪淨①胡天②牧馬③還，月明羌笛④戍樓⑤間。

借問梅花何處落⑥，風吹一夜滿關山⑦。

🕮 注釋

①雪淨：冰雪消融。②胡天：指西北邊塞地區。胡是古代對西北部民族的稱呼。一作「遙天」。③牧馬：放馬。④羌（ㄑ

一ㄤ）笛：一種古老的樂器。⑤戍（ㄕㄨ ˋ）樓：邊防駐軍的瞭望樓。⑥梅花何處落：既指想像中的梅花，又指《梅花落》笛曲。⑦關山：關隘山嶺。

譯文

冰雪消融，戍邊的戰士們牧馬歸來，月夜明朗，戍樓間響起悠揚的羌笛聲。

請問那《梅花落》究竟會飄向何處，藉著清風，一夜間梅花落滿關隘山嶺。

賞析

此詩寫塞上聞笛而生鄉關之思，用明快秀麗的基調和豐富奇妙的想像，把戰士戍邊之志與思鄉之情結合在一起，構成一幅奇麗寥廓、委婉動人的畫卷，是邊塞詩中的佳作。

前二句是實景描寫。塞外胡天，冰雪消融，露出牧草，戰士們在大西北牧馬，趕著馬群歸來時，月朗星稀，銀輝鋪地。「雪淨」、「牧馬」、「月明」營造出一種邊塞和平寧謐的氣氛，展現出邊地一片安寧壯闊的景象。忽然間，從戍樓上飄來悠悠的羌笛聲，讓平常的夜色不再平淡，笛聲令塞外荒漠與故鄉春色融為一體，鮮明反差之中透露出縷縷鄉思。

詩的三四句與李白《春夜洛城聞笛》中「誰家玉笛暗飛聲，散入春風滿洛城」的境界很相似。詩人說在如此明朗清澄的月夜裡，不知哪座戍樓裡有人吹起了羌笛，正是熟悉的《梅花落》曲調啊。「梅花何處落」是將《梅花落》曲調一語雙關，以樂曲《梅花落》為出發點，由此想到真實的梅花，再由雪色、月色聯想到梅花的顏色，想像中風吹的不是笛聲，而是飄落的梅花瓣，它們四處飄散，一夜之間，香氣灑滿了「關山」。構成梅花開滿關山的虛景，呼應雪淨月明的實景，委婉含蓄地表達了內心思念家鄉的強烈感情。

詩人善感，聞笛生情。王之渙的「羌笛何須怨楊柳，春風不度玉門關」、李白的「此夜曲中聞折柳，何人不起故園情」等著名詩句，與高適的詩一樣，都是在聞笛後產生的豐富聯想。

🕮 拓展

《梅花落》是漢樂府中二十八橫吹曲之一，傳為______所作。唐朝時期《梅花落》在市井廣為流傳，其不僅以音樂形式流傳，而且對文學創作也產生了很大的影響，成為詩人墨客經常歌詠的對象，後來流行的琴曲《梅花三弄》也是由《梅花落》改編而來。

A. 李延年　B. 李龜年　C. 郭知運　D. 李商隱

十七

烏衣巷

［唐］劉禹錫

朱雀橋[1]邊野草花，烏衣巷口夕陽斜。

舊時王謝[2]堂前燕，飛入尋常[3]百姓家。

注釋

①朱雀橋：六朝時金陵正南朱雀門外橫跨秦淮河的大橋，在今南京市秦淮區。②王謝：指東晉開國元勛、政治家王導和東晉時期政治家、名士謝安，是晉時兩大世家大族。③尋常：平常。

譯文

朱雀橋邊長滿了野草和野花，站在烏衣巷口看見夕陽西斜。

以前王導謝安家築巢的燕子，如今已經飛進了平常百姓家。

賞析

西元八二六年冬，劉禹錫由和州返回洛陽，途經金陵，見到金陵野草叢生、淒涼衰敗的景象，作《金陵五題》，包括《石頭城》、《烏衣巷》、《臺城》、《生公講堂》和《江令宅》五首七絕。從詩中景物描寫來看，這首《烏衣巷》可能寫於次年初春，是劉禹錫懷古名篇之一。詩人穿透金陵古城四百年的歷史，發出古之幽情，是寄情於景，對世事滄桑、世代興亡、社會變遷的無限感慨；是弔古憑今，對物是人非、不見當初繁華的追憶；是感嘆歲月，對富貴榮華不能常在之自然規律的認識和思考。

前兩句寫眼前之景。首句「朱雀橋邊野草花」表明金陵作為六朝古都，已是一派荒涼。當年處處笙歌的秦淮河上，如今只剩下一座古老而陳舊的「朱雀橋」了，行人稀少致使「野草」叢生，各色無名小花寂寞地開在角落。詩人向不遠的「烏衣巷」望去，曾經滿是豪門大宅的「烏衣巷」，人聲鼎沸，車水馬龍，而今也已人跡罕至，門庭冷落了，只有那一抹夕陽的餘暉，依然在巷口徘徊。草長花開，表明時當春季，「斜」字則突出了日薄西山的背景，「野草花」在「夕陽斜」的映襯下顯出一片荒涼、寂寥、慘淡的景象，進而才有詩人對世事滄桑、盛衰變化的慨嘆。

後兩句引發無限感慨。詩人富有想像力，不加議論，側面描寫，以小見大，有含蓄之美。從前，燕子總是在王、謝等豪門世族寬敞的宅子裡飛來飛去，如今，舊世族的樓臺亭閣已蕩然無存，這裡住著的都是普通的百姓。此時的燕子已非當時的燕子，詩人用「舊時」賦予「堂前燕」以歷史見證人的身分，說明「烏衣巷」上空飛來飛去的燕子與幾百年前的燕子沒有兩樣，「尋常百姓」又特別強調今日住在「烏衣巷」的居民已不同於往昔了，言淺意深，使人讀起來餘味無窮。

📖 拓展

「烏衣巷」是南京城內街名，位於夫子廟東南。______曾設軍營於此，為禁軍駐地。由於當時禁軍身著黑色軍服，此地俗稱「烏衣巷」。在東晉時，王導、謝安兩大家族，都居住在此，人稱其子弟為「烏衣郎」。

A. 西晉時期　B. 東晉時期　C. 三國時期吳國　D. 五代十國時期吳越

十八

錢塘湖春行

［唐］白居易

孤山寺[①]北賈亭[②]西，水面初平[③]雲腳低[④]。

幾處早鶯爭暖樹[⑤]，誰家新燕啄春泥。

亂花[⑥]漸欲迷人眼[⑦]，淺草才能[⑧]沒[⑨]馬蹄。

最愛湖東行不足[⑩]，綠楊陰裡白沙堤。

📖 注釋

①孤山寺：孤山上原有孤山亭，可俯瞰西湖全景。②賈亭：又叫賈公亭，杭州刺史賈全所建，今已不存。③初平：春水初漲。④雲腳低：白雲重重疊疊，同湖面上的波瀾連成一片，看

上去浮雲很低。⑤暖樹：向陽的樹。⑥亂花：紛繁的花。⑦迷人眼：使人眼花撩亂。⑧才能：剛夠上。⑨沒（ㄇㄛˋ）：遮沒，蓋沒。⑩足：滿足。陰：同「蔭」，樹蔭。

📖 譯文

從孤山寺向北行至賈公亭西側，看到春水初平天空白雲低垂。

黃鶯爭著在幾處向陽樹木棲息，不知誰家的燕子正啣泥築巢。

眼睛漸漸被色彩繽紛的花迷住，淺淺的嫩草才剛剛遮沒馬蹄。

湖東的景色總是令人流連忘返，最愛行走在樹蔭下的白沙堤。

📖 賞析

此詩的絕妙之處在於其像一篇短小精悍的遊記，詩人這次春行，一路上鶯歌燕舞，花開錦簇，綠草茵茵，楊柳春風，讓人置身於一個春意盎然的美好春景中。

首聯是春雨放晴的春色。交代這次「春行」的具體位置和具體時間，地點在西湖的裡、外湖之間「賈亭」西側，看到「水面初平」表明春雨綿綿，終於放晴，詩人按捺不住心中喜悅，放眼望去，只見春水蕩漾、雲幕低垂，湖光山色盡收眼底。

頷聯是鶯歌燕舞的春色。「早鶯」、「新燕」顯示出春天的勃勃生機，「幾處」就是處處，「誰家」就是家家。「暖樹」是春的特點，一個「爭」字，讓人感到春光的難得與寶貴；「春泥」也是春的特點，用一個「啄」字，來描寫燕子那忙碌而興奮的樣子，詩人簡單幾筆就把黃鶯和燕子都寫活了。

頸聯是花草繁盛的春色。「亂花」是早春時節的花，有的花已開，有的花含苞待放，用「亂」字描寫這種參差不齊之感。「淺草」是初生的草，長勢還沒有豐茂，僅有沒過馬蹄那麼長。眼見堤岸春花漸開、春草初綠，詩人敏銳細膩的筆觸，讓人們從中體會到西湖正在舒展地換上春裝。

尾聯是楊柳成蔭的春色。「最愛」的景色總令人觀賞不夠，春天走在白沙堤上，綠柳絲絲，映襯著水光波影，似在畫中，讓人流連忘返，陶醉在春光之中。

📖 拓展

歷史上，在杭州當官吏最有名的文人要算______和白居易了，他們不但在杭州任上留下了令後人敬仰的政績，而且也流傳下來許多描寫杭州及西湖美景的詩詞文章與傳聞軼事。

A. 張九齡　B. 蘇軾　C. 劉禹錫　D. 晏殊

十九

送元二使安西

［唐］王維

渭城[①]朝雨[②]浥[③]輕塵，客舍[④]青青柳色新。

勸君更盡[⑤]一杯酒，西出陽關[⑥]無故人[⑦]。

注釋

①渭城：即秦代咸陽古城，漢朝改稱渭城。②朝（ㄓㄠ）雨：早晨下的雨。③浥（ㄧˋ）：溼潤，沾溼。④客舍：驛館，旅館。⑤更盡：喝乾，喝完。⑥陽關：在今甘肅省敦煌西南，古代通西域要道。⑦故人：老朋友。

譯文

渭城清晨的細雨溼潤了塵土，驛館周圍柳樹越發顯得蒼翠欲滴。

這杯離別的酒勸君一乾而盡，西出陽關就再也見不到老朋友了。

賞析

唐朝國力強盛時期，朝廷常常派一些有識之士到安西鎮守邊關，詩中的元二就是其中一位。王維也曾一度奉皇帝之命出塞，所以王維最能體諒元二此刻的心情。全詩語言樸實、清麗如畫，表達了濃郁深摯的友情，道出朋友間依依不捨的惜別之情。

首句寫送別的地點和時間，室外環境為送別營造了傷感的氛圍。「渭城朝雨浥輕塵，客舍青青柳色新」讀起來音律協調，平仄躍動，朗朗上口，彷彿是一首流淌的樂曲。渭城的早晨，一場小雨滋潤了輕塵，客舍周圍青青的柳樹顯得特別清新，勾勒出一幅風景秀麗、恬靜明朗的朝雨新柳圖。「浥輕塵」表明似乎天遂人願，雨勢很小，為遠赴安西的朋友灑水鋪路。「柳色新」中的「柳」與「留」諧音，從漢魏到隋唐，延續了折下柳枝送給行人，表示贈別之意。所以詩人看到「柳」，就會產生離別之意，也突顯了朋友之間依依不捨的情感。

後兩句出現主角的身影，寫出主客雙方的依依離別之情。想到朋友即將遠去塞外荒漠，孤身漂泊，這種難分難捨的情緒化作「勸君更盡一杯酒，西出陽關無故人」。這杯酒，浸透了詩人豐富而深摯的情誼，詩人用「盡」而不用「進」，意為喝完，一乾而盡，雖然「進」也有飲酒之意，如李白的「將進酒」，卻無法渲染離別的氣氛。

從「渭城」到「陽關」再到「安西」，是非常遙遠的空間跨度，面對各自分離後茫茫未知的前途，不禁會引起人們無限遐想，這就產生了第二種詮釋，即以倒敘的方式來欣賞此詩，更有無與倫比的震撼力。請乾了這杯酒，待你將來凱旋，從西面走出陽關的時候，恐怕已不能見到我這個故人了，唯有這渭城的細雨、溼潤的道路、青青的客舍、翠綠的楊柳，還會像今天一樣，在此恭候。事實上，詩人送走友人後不滿六年便與世長辭了。

📖 拓展

《送元二使安西》問世之後便被廣泛接受，不但展現在文學方面，還展現在音樂方面。後人將王維的這首詩譜寫成一首著名的藝術歌曲 —— ______，為十大古琴曲之一，是古代傳統民族音樂作品中的精品，千百年來被人們廣為傳唱。

A. 陽關三疊　B. 高山流水　C. 陽春白雪　D. 夕陽簫鼓

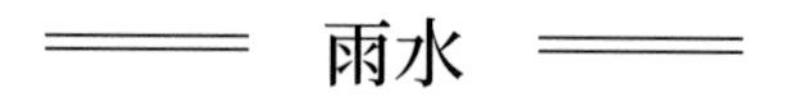

雨水

春夜喜雨

［唐］杜甫

好雨知時節，當春乃[1]發生[2]。

隨風潛[3]入夜，潤物細無聲。

野徑[4]雲俱黑，江船火獨明。

曉看紅溼處[5]，花重[6]錦官城[7]。

📖 注釋

①乃：就。②發生：使植物萌發、生長。③潛：暗暗地，悄悄地。④野徑：田野間的小路。⑤紅溼處：被雨水打溼的花叢。⑥花重（ㄓㄨㄥˋ）：因花飽含雨水而顯得沉重。⑦錦官城：指成都。

📖 譯文

好雨知道什麼時節應該下，正值初春，萬物萌發生長。

伴隨春風悄悄飄灑在夜裡，沒有聲音，滋潤大地萬物。

野外小路和烏雲一樣黑暗，江中船上，只有孤燈明亮。

天亮時看被雨打溼的花叢，花團錦簇，開滿錦城街巷。

📖 賞析

詩的題目不是「春雨」，不是「夜雨」，而是「春夜喜雨」，突出一個「喜」字，說明這場春日夜雨融入了詩人喜悅、醇厚、綿長、細膩的情感。

首聯開門見山，直接用「好雨」來讚美這場春雨。因為杜甫是一位有著憂國憂民情懷的寒士！是一位有著責任心和同情心的儒者！是一位把自己的喜樂與廣大民眾疾苦緊密相連的詩人！此時，杜甫因陝西旱災來到四川成都定居已兩年，他親自耕作，種菜、養花，與農民交往，對春雨企盼之情很深，他用

「好雨知時節」中的「知」字把雨擬人化了，春天是萬物萌芽生長的季節，自然雨如甘露。

頷聯寫春雨的第二層「好」。詩人對春雨的描寫細緻入微，細膩生動，繪聲繪影。這場雨選擇一個不妨礙人們勞作的時候，悄悄地來，隨春風，靜無聲，在夜深人靜時悄然滋潤大地萬物。「潛」、「潤」、「細」這三大特點，把春雨的「善解人意」表達得極其傳神。

頸聯寫春雨的第三層「好」。既然「好雨」在人們酣睡的夜晚無聲地、細細地下，雨中的景色又如何呢？詩中說田野小徑的天空一片黑暗，唯有江邊漁船上的漁火照出一線光明。這場雨會下到天亮，對於勤於耕作的詩人和農民來說，自然是喜悅之極。

尾聯寫春雨的第四層「好」。詩人看見室外雨意正濃，就情不自禁地想像天明以後春色滿城的美景。「花重」形象地刻劃了鮮花帶雨、紅豔欲滴的樣子，處處「紅溼」，看到花海蕩漾、萬物蓬勃，怎能不令人心曠神怡呢？

🕮 拓展

按照《說文解字》中的說法，「蜀，葵中蠶也」。古蜀國有蠶叢氏，是一位養蠶專家，蜀中形成獨特的農桑文明。______時期成都蜀錦織造業已經十分發達，以成都為起點，流通到周邊國家，朝廷在成都設有專管織錦的官員——「錦官」，進行統一管理，因此，成都被稱為「錦官城」。

A. 漢朝　B. 三國　C. 魏晉　D. 唐朝

廿一

聞官軍收河南河北

［唐］杜甫

劍外①忽傳收薊北②，初聞涕③淚滿衣裳④。

卻看⑤妻子⑥愁何在，漫卷⑦詩書喜欲狂。

白日放歌須縱酒⑧，青春⑨作伴⑩好還鄉。

即從巴峽穿巫峽，便下襄陽向洛陽。

注釋

①劍外：劍門關以南，此處指四川。②薊北：泛指唐代幽州、薊州一帶，是安史叛軍的根據地。③涕（ㄊㄧˋ）：眼淚。④裳（˙ㄕㄤ）：指古人穿的下裙。⑤卻看：回頭看。⑥妻子：妻子和孩子。⑦漫卷（ㄐㄩㄢˇ）：胡亂地捲起。⑧縱酒：開懷痛飲。⑨青春：指明麗的春天景色。⑩作伴：與妻兒一同。便：就。

譯文

在四川忽然聽到官軍大勝的消息，令我歡喜的淚水沾滿衣裳。

回頭看見妻兒臉上的愁雲已消散，欣喜若狂地隨便收拾行囊。

陽光普照下我開懷痛飲大聲唱歌，明媚春光陪伴我返回故鄉。

心想著馬上起程從巴峽穿過巫峽，經過襄陽後就直奔回洛陽。

賞析

西元七六三年初春，杜甫在四川聽聞官軍收復河南、河北的消息後，欣喜若狂。全詩處處滲透著「喜」意，因此被稱為杜甫「生平第一快詩」。

首聯寫初聞北方戰事大捷的驚喜，頸聯寫詩人手舞足蹈作返鄉準備的狂喜，後四句寫急於返回故鄉的欣喜，可謂句句充溢著「喜」字。長期的「安史之亂」導致詩人被迫逃至「劍外」，如今「忽傳收薊北」，驚喜的洪流一下子沖開了詩人鬱積已久的情感閘門。「涕淚滿衣裳」則以形傳神，表現突然傳來的捷報在「初聞」的一剎那所激發的感情波濤，這是喜極而泣的真實表現。

頷聯中「卻看妻子」、「漫卷詩書」是兩個連續性的動作，自然想到多年來同受苦難的妻子和兒女，長期籠罩全家的愁苦已經煙消雲散，全家人都不再是愁眉苦臉的樣子，而是笑逐顏開，喜氣洋洋。「漫卷」就是胡亂地捲起，顯示出詩人按捺不住內心的喜悅、希望馬上能回到故鄉的急切心情。

後四句中「白日放歌須縱酒，青春作伴好還鄉」成為千古名句。當時杜甫已值老年，老年人難得「放歌」，也不宜「縱酒」，如今既要「放歌」，還須「縱酒」，正是「喜欲狂」的具體表現。結尾包含四個地名，即「巴峽」、「巫峽」、「襄陽」、「洛陽」，用「即從」、「穿」、「便下」、「向」貫串起來，一個接一個地從讀者眼前一閃而過，形成千里歸鄉、疾速飛馳的動態畫面。

📖 拓展

西元七六二年冬，唐軍在洛陽附近的衡水打了一個大勝仗，收復了幽州、薊州一帶。西元七六三年春天，______在眾叛親離、走投無路的形勢下，被迫於林中自殺，持續七年多的「安史之亂」宣告結束。杜甫當時正流落在四川，聽聞這個大快人心的消息後，欣喜若狂。

A. 安祿山　B. 史思明　C. 史朝義　D. 安慶緒

廿二

左遷至藍關示侄孫湘①

［唐］韓愈

一封朝奏②九重天③，夕貶潮州路八千。

欲為聖明除弊事④，肯將衰朽⑤惜殘年！

雲橫秦嶺家何在？雪擁藍關⑥馬不前。

知汝遠來應有意⑦，好收吾骨瘴江邊⑧。

📖 注釋

①左遷至藍關示侄孫湘：被貶為潮州刺史，行至藍關後告訴侄孫韓湘之事。②一封朝（ㄓㄠ）奏：一封早晨送呈的奏章。③九重（ㄔㄨㄥˊ）天：古稱天有九層，此處指朝廷、皇帝。④弊事：政治上的弊端，有害的事。⑤衰朽（ㄒㄧㄡˇ）：衰弱多病。⑥擁藍關：阻塞藍田關。⑦應有意：應該有所打算。⑧瘴（ㄓㄤˋ）江：指嶺南瘴氣瀰漫的江流。

📖 譯文

早晨我把一封奏章呈奏給皇帝，晚上被貶到八千里外的潮州。

本想為聖朝除去那些政治弊端，哪能以衰老為名吝惜餘生呢！

陰雲籠罩秦嶺看不見家在何處？大雪阻塞藍關馬也不肯前行。

知道你遠道而來應該有所打算，正好在瘴江邊收拾我的屍骨。

📖 賞析

西元八一九年正月，唐憲宗讓宦官從鳳翔府的法門寺把釋迦牟尼佛的指骨舍利，引入宮廷供奉，韓愈勸諫，指出信佛對國家無益，而且自東漢以來信佛的皇帝都短命，結果觸怒了唐憲宗，被貶為潮州刺史，責其即日上路。

詩的前四句書寫禍起緣由。他很有氣概地說，這個「罪」是自己主動招來的，就因那「一封朝奏」觸怒皇帝，導致「夕貶」八千里，「朝奏」與「夕貶」、「九重天」與「路八千」形成鮮明的對比，詩人的命運和仕途轉瞬之間發生巨大改變。三、四句直書自己在「除弊事」，韓愈認為自己是正確的，做正確的事哪裡還考慮衰弱之身呢，剛直不阿之臣定會不惜餘生！

後四句表達韓愈心裡鬱憤，抒發英雄末路之志，表露骨肉分離之情。此時，韓愈隻身一人，倉促上路，走到藍田關口時，他的妻兒還沒有跟上來，只有他的侄孫韓湘追上來。詩人回首秦嶺，前路茫茫，雪擁藍關，馬也踟躕起來。「雲橫」、「雪擁」既是實景，也是寓情於景，「雪擁」能產生撼動人心的力量，

「馬不前」更是人不前。聯想到前路的艱險，流露出詩人人生失落之悲，表現了詩人對親人、對家園、對國都的眷戀。接下來向侄孫韓湘從容交代後事，遠在千里的潮州人煙稀少，瘴氣瀰漫，這次前往，是抱著有去無回的心態，結語「好收吾骨瘴江邊」淒楚而痛苦。

拓展

唐朝時期，佛教在中國發展迅速，致使僧徒日眾，寺院遍布，佛教已在文人士大夫階層站穩了腳跟。時任______的韓愈冒天下之大不韙，呈上了一篇鼎鼎有名的《諫迎佛骨表》，立即被貶潮州。當時佛教界因韓愈遭貶而歡欣鼓舞，並借韓愈侄孫韓湘之口，編制了一個「湘子作詩讖文公」的報應懲戒故事，故事的主角改換成了韓愈侄韓湘子。

A. 刑部侍郎　B. 工部侍郎　C. 吏部侍郎　D. 禮部侍郎

廿三

泊船瓜洲

［北宋］王安石

京口①瓜洲②一水間③，鐘山④只隔數重山。

春風又綠⑤江南岸，明月何時照我還？

🕮 注釋

①京口：在今江蘇省鎮江市。②瓜洲：在今江蘇省揚州市南部長江邊，京杭運河分支入江處。③一水間：指一條長江相隔。④鐘山：今南京市東南，詩人當時正居住在這裡。⑤綠：動詞，呈綠色。

🕮 譯文

京口和瓜洲之間只隔一條長江，鐘山住所也不遠只隔數重山巒。

春風又一次吹綠了江南的河岸，明月何時才能照耀我返回家園？

🕮 賞析

此詩可能是王安石第一次罷相（西元一〇七四年）自京還金陵，途經瓜洲時所作，也可能是王安石第二次拜相（西元一〇七五年）自江寧赴京途經瓜洲時所作。從王安石第二次拜相，奉詔進京來理解此詩則更為輕鬆、愉悅。詩中出現的「京口」、「瓜洲」、「鐘山」三個古時地名，其位置分別在：今江蘇省鎮江市（京口）；今江蘇省揚州市邗江區（瓜州）；今南京市鐘山風景區（鐘山）。而從南京到鎮江一帶（江南），整體上就在今南京市、鎮江市、揚州市長江沿線的三角區域。

首句寫站在長江北岸的瓜洲渡口放眼南望，「京口」和「瓜洲」兩地直線距離很近。「一水間」三字形容舟行迅疾，即刻就到，流露出一種輕鬆、愉悅的心情。進而想到自己的「鐘山」住所也「只隔數重山」，「只隔」二字展現出距離並不遙遠。

後兩句描繪江岸美麗的春色，寄託詩人無限的情思。其中「綠」字是經過詩人反覆斟酌、精心篩選的，把「綠」作動詞用，還有「吹綠了」的意思，將春風擬人化，增添了動態美，比用「到」、「過」、「入」、「滿」等字更富有情致。春風拂面，草木新生，長江兩岸一片新綠，使得全詩境界開闊，格調清新，極富表現力。「明月何時照我還」用疑問的句式，想像出一幅明月「照我還」的畫面，暗中是有所寄託的。

四句連起來看，詩人所表達的情感十分微妙。一方面，在一個身體力行致力於改革的政治家眼裡，心裡所思的一定還是變法之事，怎奈朝廷內部鬥爭尖銳，自覺前途迷惘，不由得觸動了對家鄉的情思；另一方面，他希望憑藉這股溫暖的春風驅散政治上的寒流，開創變法的新局面，待到變法推行成功，自有明月「照我還」。

📖 拓展

西元一〇六九年，王安石開始轟轟烈烈地推行新法，先後頒布實行了「均輸法」、「青苗法」、「農田水利法」。數年後，因新舊黨爭十分激烈，______終於下令「權罷新法」，王安石也被迫辭官，隱居鐘山，直到西元一〇八六年去世，王安石再也沒有回朝。

A. 宋英宗　B. 宋神宗　C. 宋哲宗　D. 宋仁宗

廿四

鐘山即事

［北宋］王安石

澗水[①]無聲繞竹流，竹西[②]花草弄春柔[③]。

茅簷[④]相對[⑤]坐終日，一鳥不鳴山更幽。

注釋

①澗水：山澗流水。②竹西：竹林西畔。③弄春柔：在春意中擺弄柔美姿態。④茅簷：茅屋屋簷。⑤相對：指對著山。

譯文

竹林環繞山澗，溪水無聲流淌，竹林西邊的花草在春意中特別柔美。

在屋簷下對著鐘山坐了一整天，聽不到鳥鳴聲，山中顯得特別清幽。

🕮 賞析

王安石變法失敗後，辭去相位，心情漸趨平淡，用大量的寫景詩、詠物詩取代了前期的政治詩。《鐘山即事》即在隱居鐘山時對眼前景物有感而發，表露出詩人生活的閒適淡泊，然而細細品味，則不難體會出字裡行間蘊含著詩人內心孤獨、寂寞和政治上的失意。

前兩句寫山中春景。山澗溪水，竹林環繞，花草搖曳，春風蕩漾，一切都顯得那麼美好絢麗。「澗水」是無聲的，「竹林」是幽靜的，「花草」是輕柔的，為下文「山更幽」做精心鋪墊。「繞」字寫出澗水在竹林間迴環往復、靜靜流淌的情態。「弄」字用擬人的手法描繪竹林西邊草地上，花草隨春風頻頻舞動、款款弄姿的情態，「弄春柔」十分形象地展現了詩人對鐘山美景的流連喜愛之情。

後兩句表達詩人心中的清淨寂寞。「茅簷相對坐終日」與眼前之景形成反差，詩人並沒有去探尋山水之趣，也沒有去欣賞花草芬芳，而是在自家門前對著山坐了整整一天，一個人寂寞至極。末句是化用南朝梁王籍《入若耶溪》中「蟬噪林逾靜，鳥鳴山更幽」一句，意指聽到鳥的鳴叫，山中顯得特別清幽。王安石又出新意，變成「一鳥不鳴山更幽」，這個春天與以往的春天相比，不再喧鬧，一個「更」字，便把詩人心境全盤表現出來了。王安石以「一鳥不鳴」表達自己隱退後，再也聽不到或者不想聽到有關於變法成敗、朝野紛爭的聲音了。

從整首詩所描繪的場景來看，在王安石的筆下，無聲無息之中，一切都是鮮活的，都是充滿生機與活力的。王安石推行新法，受到很多人的反對，罷相退居後，看似脫去世故，其實還是人退而心不退，故作此詩，以表達心中的不平。

📖 拓展

王安石在晚年罷相隱居______之後，詩歌創作也發生了變化，政治題材減少，湖光山色的小詩增多，與壯年時代豪放雄奇的風格不同，這個時期的作品常運用絕句寫景、抒情，而且精工語言，講究技巧，重視詩畫特色，在藝術上更加成熟。

A. 金陵　B. 撫州　C. 揚州　D. 洛陽

廿五

惠崇春江晚景（其一）

［北宋］蘇軾

竹外桃花三兩枝，春江水暖鴨先知。

蔞蒿[1]滿地蘆芽[2]短，正是河豚[3]欲上[4]時。

📖 注釋

①蔞蒿：草名，有青蒿、白蒿等種類。②蘆芽：蘆葦的幼芽，可食用。③河豚：學名「鲀」，肉質鮮美，但卵巢和肝臟有劇毒。④上：指逆江而上。

📖 譯文

青翠的竹林之外，幾枝桃花綻放，水中鴨群最先察覺到春天江水回暖。

河灘上蔞蒿叢生，蘆葦抽出嫩芽，正是江裡河豚逆江而上產卵的時節。

📖 賞析

蘇軾在惠崇所繪的《春江晚景》上題詩兩首，此為第一幅《鴨戲圖》上的詩。不是濃墨丹青，卻句句都飽含春意，表現春風初起、春意正濃的時節，大地吐露生機，一派欣欣向榮的景象。

詩應畫而寫，故畫的主體也是詩的首句，「竹外桃花三兩枝」勾勒出春回大地，隔著稀疏的翠竹望去，有幾枝桃花搖曳的身姿。早開的「桃花」與新綠的竹林，紅綠相映，色彩鮮明，也正是畫面上這稀疏的竹林和早開的桃花，才讓春意更引人注目，特別惹人喜愛。

「春江水暖鴨先知」點出了春之「早」。看到江中那些鴨群，牠們早已按捺不住喜悅的心情，搶著下水嬉戲了。詩人把畫家沒法畫出來的水溫，用「鴨先知」側面傳遞給賞畫之人，描繪得富有情趣，美妙傳神！

第三句呼應首句的春花和次句的江水，又描寫了一處春日景觀。由於得到了春江水的滋潤，滿地的蔞蒿長出新枝，蘆芽也開始抽綠了，透過對畫作細緻的觀察，貼切地寫出「蔞蒿」、「蘆芽」這兩種植物的形態，這一切無不顯示出春天的活力，惹人憐愛。

尾句從蔞蒿叢生、蘆葦吐芽推測而知「河豚欲上」，聯想出河豚在春江水暖時沿江上行的景象。透過這樣的筆墨，把無聲的、靜止的畫面，轉化為有聲的、活動的詩境。充分展現出「詩中有畫，畫中有詩」的境界，在蘇軾的筆下，這幅畫已經不再是畫框之內平面的、靜止的圖景，而能透過深刻體會和精微細膩的觀察給予人舒適感。

📖 拓展

惠崇是北宋僧人，能詩能畫，其畫工空曠清逸、自成一格、脫俗不凡。蘇軾、黃庭堅、王安石都稱讚過他的畫作。《春江晚景》是惠崇所作畫名，共兩幅，一幅是《鴨戲圖》，另一幅是______。惠崇畫作流傳於世的《沙汀煙樹圖》，是國寶級藏品。

A.《春花圖》　B.《燕雀圖》　C.《飛雁圖》　D.《海棠圖》

廿六

春宵

［北宋］蘇軾

春宵[1]一刻[2]值千金，花有清香月有陰。

歌管[3]樓臺[4]聲細細，鞦韆院落夜沉沉。

注釋

①春宵：春夜，指難得的時光。②一刻：古代以漏壺計時，一晝夜分為一百刻，一刻為今十四點四分鐘，至清初定為九十六刻，一刻為今十五分鐘。③歌管：指唱歌奏樂。管在古代指單管樂器。④樓臺：高大建築物的泛稱。

譯文

春天的夜晚每一刻都十分珍貴，花兒散發清香，月色婆娑撩人。

樓閣處管絃歌聲若有似無飄來，鞦韆掛在庭院，夜色靜謐深沉。

賞析

這首詩描寫春夜美好的景色。春夜之景有令人著迷的恬靜美、陰柔美、脫俗美。無論是自然風光之美，還是歌管曼妙之美，甚至是夜色沉沉的氛圍，都是人們心中美好幸福的生活。

首句無須解釋就已成為對時光切需珍惜的經典之筆。如今，人們為了能更形象地描述所遇到的情景，會不經意地引用「春宵一刻值千金」來表達自己的某種情懷。緊接著第二句寫春夜美景，春夜的可貴之處在於月明花香、清麗幽美、景色宜人。聞花香瀰漫，看樹影婆娑，賞月色撩人，讓人頓感嗅覺的清新、視覺的優美，天地草木都似乎有情有義，告訴人們「春宵」的寶貴。

春天的夜晚，晝夜溫差已經較冬日縮小，但春天仍然是晝短夜長，這麼好的春景，宜人的溫度，不能白白浪費啊！那些官宦貴族在高大的樓臺上抓緊一切時間唱歌、演奏、戲耍、玩樂、享受。春景自身美，享受春景的人事活動也美，真是「春宵一刻」價難求。

尾句「鞦韆院落夜沉沉」按意思應為「院落鞦韆夜沉沉」，在詩中語序做了調整，是因為詩歌格律使然。詩人意向中院子裡應是輕歌曼舞、長袖飄揚，抬眼望去，園中清幽卻是這般可人，架上的鞦韆靜靜地垂著，在沉沉的夜色中還有細細悠蕩的歌管聲，人們各得其樂、各得其所。

全詩華美含蓄、耐人尋味、想像豐富、意境清新，尤其是「春宵一刻值千金，花有清香月有陰」不僅寫出了夜景的清麗幽美、景色宜人，更是在告訴人們光陰的寶貴，成為千古傳誦的名句。

📖 拓展

春天自古以來就是詩人最喜愛的題材之一，春天的良辰美景，誘人探尋奇妙的藝術境界，也最容易表達詩人的情緒和感慨，後世評價______時說：「孤篇橫絕，竟為大家。」聞一多評價說：「這是詩中的詩，頂峰上的頂峰。」

A. 李商隱的《春宵自遣》　B. 蘇軾的《春宵》　C. 杜甫的《春夜喜雨》　D. 張若虛的《春江花月夜》

廿七

春日偶成

［北宋］程顥

雲淡風輕近午天，
傍花①隨柳②過前川③。
時人不識④餘⑤心樂，
將謂⑥偷閒學少年。

📖 注釋

①傍花：靠近鮮花。②隨柳：沿著綠柳。③川：河流或河畔。④識：知道，認得，辨別。⑤餘：文言代詞，我。⑥將謂：以為，認為。

譯文

雲也淡風也輕已接近正午，穿過花叢沿著綠柳來到河邊。

旁人不理解我內心的快樂，還以為忙裡偷閒學年輕人呢。

賞析

這首詩是詩人任陝西鄠（ㄏㄨˋ）縣（今西安市鄠邑區）主簿時春日郊遊，觸景生情所寫。詩人是宋代有名的理學家，長期困在書齋裡，少有閒暇時間，一旦回到大自然中，欣賞美好景緻，便覺得特別爽快。詩人用樸素的手法將柔和明麗的春光同自得其樂的心情融為一體。

開頭兩句寫雲淡風輕、繁花盛開、垂柳扶風，勾勒出大自然的勃勃生機。春日的雲是淡淡的，風是輕輕的，花是豔麗的，樹是清新的，一切都顯得柔和美好，出來踏青實為幸事，詩人用「近」來強調自己只顧春遊、忘了時間，用突然發現「近午天」來表現自己沉醉於大自然時的心情。同樣，「過前川」也並不是有目的的行程，而是強調自己在春花綠柳的伴隨下不知不覺已經走了很遠。前兩句讀起來舒適、柔美，一路上有雲、有風、有花、有柳，雖是寫景，已然有親近自然、放鬆心靈、獨享愉悅的情緒在內。

「時人不識餘心樂，將謂偷閒學少年」是詩人自己內心世界的獨白，也是內心情感的直接抒發。這種閒情逸緻在別人看來可能會不被理解，反而表現出詩人追求平淡、崇尚自然、不急不躁、修身養性的性格。「樂」是什麼？沒有正面回答，卻從下句的「少年」二字顯露端倪，那種「少年」特有的生機、活力、自信、希望、率真，都是理學家心中最樸實的「樂」。這些為「時人」所不能理解的舉動，是因為作為一位著名的理學家，給人感覺應該端然危坐，擺出一副冷冰冰的面孔才像樣。「將謂偷閒學少年」平淡之中寓含深意，表達了詩人怡然自得之情。

少年代表著純真、希望、力量和生機，代表著無限可能，詩人說自己並非「學少年」偷閒春遊，所要表達的也正是這種真少年、真性情的生活態度。

🕮 拓展

程顥在京任御史期間，恰逢宋神宗安排王安石在全國推行變法，他多次上書宋神宗，指出不可變法的理由。他認為，變法的反對者太多，總有反對的理由，天下沒有反對者過多而能成功的改革，這倒與其他士大夫或批評王安石的長相或貶低王安石的品格不同。後因與王安石政見不合，不受重用，遂潛心學術，與______同為北宋理學的奠基者，其學說在理學發展史上具有重要地位。

A. 朱熹　B. 程頤　C. 程羽　D. 程珦

廿八

春日

［南宋］朱熹

勝日[①]尋芳[②]泗水[③]濱，無邊光景一時新[④]。

等閒[⑤]識得東風[⑥]面，萬紫千紅總是春。

📖 注釋

①勝日：指親友相聚或風光美好的日子。此處指晴朗春日。②尋芳：出遊賞花，遊賞美景。③泗水：河水名，在今山東省境內，春秋時孔子曾在洙水、泗水之間絃歌講學，教授弟子。④新：既是春回大地、萬象更新，也是遊賞美景、耳目一新。⑤等閒：輕易，隨便。⑥東風：春天刮東風，借指春天。

📖 譯文

風和日麗的日子遊覽在泗水之濱，無邊無際的風光總能讓人耳目一新。

誰都可以輕易地看出春天的面貌，到處是萬紫千紅、百花開放的景緻。

📖 賞析

朱熹學識淵博，對經學、史學、文學、樂律都有研究。其詩作往往經過反覆斟酌推敲，比較講究。從字面上看，美好的春日，在泗水河畔踏春、尋春，看到周邊的風光都是煥然一新的，把春日描繪得十分鮮明而令人浮想聯翩。從詩中的「尋芳泗水」來分析，這首詩透過描寫東風吹得百花開放、萬紫千紅，到處都是春天的景緻，來比喻孔學的豐富多彩和儒家教化之道，這樣理解也未嘗不可。

「勝日尋芳泗水濱」一句比較耐人尋味，從寫景角度而言，「勝日」是時間，「泗水濱」是地點，「尋芳」是目的。但朱熹出生時，南宋高宗趙構已經即位，生活在南宋的朱熹不可能在「勝日」北上早被金人侵占的「泗水」之濱遊賞。因此，應從哲理詩的角度賞析，詩中的「泗水」應為暗喻孔門弟子，「尋芳」則暗喻尋求聖人之道。次句「無邊光景一時新」描寫觀賞春景的感受。「無邊」展現廣闊無邊，視線所及的全部景物，「一時新」則寫出春回大地時那種萬象更新、煥然一新、耳目一新的氣象，也寫出詩人內心的欣喜。

後兩句用形象的語言，具體描繪了光景之新。「等閒識得」即輕而易舉，很容易辨別，「東風面」採取了借代的手法，借指春天。「萬紫千紅」從寫景詩層面抒寫了尋芳所得，生機盎然，從哲理詩層面可把「萬紫千紅」看作萬卷經書，萬紫千紅是春天的顏色，萬卷經書是儒家的思想，指出了孔學的豐富多彩、道義的春風化雨。詩人將聖人之道比作催發生機、點燃萬物的「東風面」，寓理於物之中，說理卻不露痕跡，這才是朱熹的高明之處。

拓展

楊時是程顥、程頤的首傳弟子，羅從彥是「二程」的二傳弟子，也是朱熹父親朱松的好友，朱熹的恩師是「二程」的三傳弟子，為聞名後世的______大儒。朱熹是唯一非孔子親傳弟子而享祀孔廟且位列大成殿十二哲者中的大儒，其理學思想成為元、明、清三朝的官方哲學。

A. 仲素公　B. 劉子翬　C. 呂祖謙　D. 李桐

廿九

絕句·古木陰中系短篷

［南宋］志南

古木陰中系[1]短篷[2]，杖藜[3]扶我過橋東。

沾衣欲溼杏花雨[4]，吹面不寒楊柳風[5]。

注釋

①系：連線，拴。②短篷：有篷的小船。③杖藜：枴杖。藜是野生植物，莖堅韌，可作枴杖使用。④杏花雨：杏花盛開

時節的雨，代指春雨。⑤楊柳風：楊柳在春天很早發芽，是春的信使，代指春風。

🕮 譯文

把小船拴在岸邊的古樹下，我拄著枴杖從橋西走到橋東。

絲絲細雨淋不溼我的衣衫，微風吹拂臉龐不覺絲毫寒意。

🕮 賞析

這首小詩，寫詩人在一個微風徐徐、霧雨沾面的春日，乘船出遊，繫船上岸後，拄著枴杖興致盎然地繼續春遊的故事，展現出詩人愉悅的心情。

前兩句敘事，寫年老的詩人乘坐小船，將船停泊在一棵古樹下，他上了岸，拄著枴杖，走過一座小橋，去欣賞無邊的春色。「系」和「扶」給人一種安全感，形容遊人的淡定從容狀態。詩人用詞之精妙，讓人眼前一亮，詩中不說我扶「杖藜」，卻說「杖藜扶我」，是將藜杖擬人化了，彷彿它是一位可以依賴的遊伴，默默無言地扶人前行，整個場面生動有趣。而且橋東和橋西，風景未必有很大差別，但對於春遊的人來說，這麼好的春日，不走過橋去似乎就感受不到完整的春意。前兩句展現出小河、小舟、小橋和拄著枴杖的老者，讓我們看到一個意境和情趣頗不相同的美麗春景。

「沾衣欲溼杏花雨」與「吹面不寒楊柳風」都屬於倒裝句，主語都放到了最後。「杏花雨」代指春雨,「楊柳風」代指春風,都是傳統描寫春天的意象用語。出遊遇上雨和風會影響人們的心情,但心態很重要,擁有好的心態看什麼都是舒服的。此時杏花開得正豔,毛毛細雨灑在這些花瓣上,這些花不但不墜落,反而愈加嬌豔欲滴,讓人愛憐,一幅優美的圖畫頓時展現在眼前。詩人衣服上、臉上沾著如霧般的春雨,不但沒覺得有絲毫寒意,反而更能聞到花草的清香,令人愜意陶醉。

詩人是南宋時期的一位和尚,志南是他的法號,後人稱他為「釋志南」或「僧志南」,其生卒年月不祥,憑藉這首語言純樸、富有情趣的小詩,便把自己的名字載入了宋代詩史。

拓展

古代以五日為一候,三候為一個節氣。從「小寒」到「穀雨」這八個節氣裡共有二十四候,每候都有某種花卉綻蕾開放,於是便有了「二十四番花信風」之說。人們在二十四候每一候內開花的植物中,挑選一種花期最為準確的植物為代表,叫做這一候中的花信風。杏花位於二十四番花信風的______。

A. 雨水二候　B. 驚蟄二候　C. 春分二候　D. 清明二候

三十

湖上

［南宋］徐元傑

花開紅樹[1]亂鶯啼[2]，草長平湖[3]白鷺[4]飛。

風日晴和人意好[5]，夕陽簫鼓[6]幾船歸。

注釋

①紅樹：開滿了紅花的樹。②亂鶯啼：很多黃鶯在鳴叫。③平湖：指風平浪靜的湖面。④白鷺：一種水鳥，白天多飛到水岸附近活動和覓食。⑤人意好：人的心情舒暢。⑥簫鼓：管絃樂與打擊樂，泛指奏樂。

譯文

開滿紅花的樹上，黃鶯歡快鳴叫，青草豐茂的湖面，白鷺上下翻飛。

風和日麗春光裡，人人心情舒暢，夕陽下載歌載舞，遊人盡興而歸。

賞析

春回大地，處處惹人喜愛，江南都城杭州西湖四處遍布美景，蘇堤春曉、曲院風荷、平湖秋月、三潭印月……春光旖旋，清麗嫵媚，引得無數文人墨客淺吟低唱。如白居易的「江南憶，最憶是杭州」、林升的「山外青山樓外樓，西湖歌舞幾時休」、蘇軾的「欲把西湖比西子，淡妝濃抹總相宜」等。這首《湖上》用優美的意境、斑斕的色彩，表達詩人陶醉於春光中西湖美景的愉悅心情。

前兩句著重寫景。第一句從氣氛上烘托出春天萬象更新、生機盎然的景象。「花開紅樹」點出遊湖的節令是春意正濃之時，同時又從視覺角度照應詩題，以具有強烈情感的紅色為主基調，點以明快、活潑的黃色，形成鮮豔奪目的暖色調。觀景之人正在「湖上」，「亂鶯啼」從聽覺效果上進一步渲染春天熱烈的氣氛。第二句則描寫了放眼望去，在水天一色中，幾隻白鷺上下翻飛、悠然自得的景象。開頭兩句著力寫出了湖上的風光，亂鶯紅樹，白鷺青草，相映成趣，有靜有動，有高有低，聲色俱全，五彩斑斕，生機盎然，構成了一幅和諧、動人的湖上春光圖。在風和日麗的豔陽天裡，人們欣賞湖上風光，心情該是多麼舒暢！

後兩句側重抒情。「風日晴和人意好」直抒胸臆，表達遊湖賞春之人的愉快心境。泛舟湖上，看到鮮豔的紅樹、嫩綠的青草、潔白的白鷺，聽著歡快的鳥鳴，更有那溫暖的陽光、和煦的春風，自然使「人意好」。再美的春色，也有夜晚來臨的時候，「夕陽」點明遊玩的時間已經很長，「簫鼓」說明遊人仍然興致勃勃，歸去時的興趣竟是這般濃烈，那遊玩時的興致就更能想見了。趁著夕陽餘暉，伴著陣陣的鼓聲簫韻，人們划著一隻隻船兒盡興而歸，對西湖春日美景深深的眷戀之情已留在了湖上，呼應詩的題目。

📖 拓展

徐元傑自幼聰慧，勤學上進，每日讀書數千言。曾師從門人陳文蔚、真德秀，得理學真諦。西元一二三二年，進士及第，殿試時，理宗以帝王之學發問，徐元傑回答：「帝王之學本原在於一心，欲求帝王之治，當求帝王之道；欲求帝王之道，當求帝王之心。」又向理宗提出了「固民心」、「肅軍心」、「正士大夫之心」三大安邦濟世之策。

A. 朱熹　B. 程頤　C. 程顥　D. 周敦儒

二月

初一

雨中登岳陽樓望君山[1]（其一）

［北宋］黃庭堅

投荒[2]萬死鬢毛斑[3]，生入瞿塘[4]灩澦關[5]。

未到江南[6]先一笑，岳陽樓上對君山。

注釋

①岳陽樓：在湖南省岳陽市內，面臨洞庭湖。詩人於二月初一早晨登樓。君山是洞庭湖中的一座島。②投荒：被流放到荒遠邊地。③鬢（ㄅㄧㄣˋ）毛斑：鬢髮花白。④瞿（ㄑㄩˊ）塘：瞿塘峽，在今重慶市奉節縣，長約八公里，山高狹窄，以「雄」著稱。⑤灩（ㄧㄢˋ）澦（ㄩˋ）關：指灩澦堆，是瞿塘峽口江中的一塊巨石，因險峻而稱為關。⑥江南：泛指長江下游南岸。

📖 譯文

被貶到荒遠邊地，歷經九死一生已鬢髮花白，終於活著走出瞿塘峽灩澦關了。

還沒有到達江南，已經抑制不住內心的喜悅，我登上岳陽樓遙望對面的君山。

📖 賞析

詩人被貶蜀地多年後遇赦，歸家途中，行至岳陽樓時寫下此詩。第一首詩寫遇赦歸來的欣悅之情，第二首詩寫煙雨中的君山美景，表達對美好前途的展望。此為第一首。

前兩句寫萬難不死、飽受摧折、如今已年老體衰的境況。詩人在西元一〇九五年被貶至涪州別駕，黔州安置，後又徙戎州。西元一一〇〇年被放還，次年出四川，西元一一〇二年從湖北沿江東下，途經岳陽。詩人回想自己的經歷，可謂歷盡坎坷，九死一生。瞿塘峽兩岸如削，巖壁高聳，大江在懸崖絕壁中洶湧奔流，自古就有「險莫若劍閣，雄莫若夔（ㄎㄨㄟˊ）」之稱。灩澦關本是矗立在瞿塘峽口江中的一塊大石頭，因其險要，故稱之為「關」。附近水流湍急，是航行的危險地帶，詩人不曾想，還能活著走出瞿塘峽和灩澦關。

後兩句表達詩人劫後重生的喜悅。西元一一〇二年春天，詩人從江陵動身回江西故鄉，船行三日到達巴陵，二月初一的早晨，獨自登上岳陽樓，在淅淅瀝瀝的春雨中欣賞這洞庭湖的山光水色。詩人回想發揮多年的辛酸過往，把昔日的苦痛遭遇與眼前的景色加以對比，心中有說不出的喜悅，不免「先一笑」。「笑」字意蘊豐富，可能是從「投荒」之地歸來，脫離困境的喜悅興奮之笑；可能是對往事不堪回首，「鬢毛」已「斑」，人生垂暮的淒然之笑；也可能是登高抒情，遠眺家鄉，心胸釋然的欣慰愜意之笑。結句還能引出詩組中第二首的作用，表達詩人內心的灑脫、樂觀、豪爽之情，非常真實地寫出他在此時此地特有的慶幸、喜悅、自豪與勝利之情。

🕮 拓展

元祐年間，修成______後，黃庭堅被提拔為發揮居舍人，負責修史。但史官們認定黃庭堅所負責編寫的史書中有三十二處表述存在問題，其中黃庭堅所寫「鐵龍爪治河有同兒戲」成了首要問題，罪名是「大不敬」。雖然查不出問題，但仍然以態度問題被貶為涪州別駕，黔州安置，後因避親屬之嫌，移至戎州。

A.《太平御覽》　B.《文苑英華》　C.《神宗實錄》　D.《太平廣記》

初二

長歌行

［漢］漢樂府

青青園中葵[1]，朝露待日晞[2]。

陽春布[3]德澤[4]，萬物生光輝。

常恐秋節[5]至，焜黃[6]華[7]葉衰[8]。

百川[9]東到海，何時復西歸？

少壯不努力，老大徒傷悲。

注釋

①葵：一種蔬菜，古人種植為食。②晞：天亮，引申為陽光照耀。③布：布施，給予。④德澤：恩澤，恩惠。⑤秋節：泛指秋季。⑥焜黃：形容色衰的樣子。此處形容草木凋落枯黃的樣子。⑦華（ㄏㄨㄚ）：同「花」。⑧衰（ㄕㄨㄞ）：枯萎，凋謝。⑨百川：江河湖澤的總稱。

譯文

園中的綠油油的葵菜充滿生機，露水在朝陽照耀下漸漸消散。

春天給大地以雨露陽光的恩澤，世間萬物光彩熠熠一衍生機。

人們時常害怕蕭瑟的秋季到來，樹木枯黃凋落小草枯萎衰敗。

江河湖澤都向東奔流匯進大海，什麼時候才能回頭流到西邊？

不趁年輕力壯的時候奮發圖強，到老時只能徒自傷心悔恨了。

🕮 賞析

《長歌行》是一首中國古典詩歌，屬於漢樂府，借物言理，催人奮發揮，是勸誡世人惜時奮進的名篇。

前四句主要敘寫自然規律。先從「園中葵」說起，這是一種古人在園中種植的常見蔬菜，因為常見，託物言志才具有代表性。「青青」表現其生長茂盛，早晨的葵葉上滾動著晶瑩的露珠，在朝陽的照耀下，閃閃發亮，像一位充滿青春活力的少年，也像一位亭亭玉立的女子。「陽春布德澤」是言在春天陽光的恩澤下，萬物生機盎然、欣欣向榮，都在爭相努力地生長。

第五、六句回答了不能怠慢時光的原因，揭示出自然界時序不停變換的客觀規律。園中的「葵」及「萬物」經歷了春生、夏長，到了秋天，它們成熟了，昔日熠熠生輝的葉子變得焦黃枯萎，喪失了活力。大自然的生命節奏如此，人生也是這樣。

第七、八句繼續展開聯想，揭示自然規律和人生哲學。時光像東逝的江河，一去不復返，從時間上和空間上講述不能「復西歸」的道理。最後兩句推出「少壯不努力，老大徒傷悲」這一振聾發聵的結論，傳頌千古。人生如果不趁著大好時光而努力奮鬥，讓青春白白地浪費，等到年老時後悔也來不及了，希望人們能夠珍惜當下的時間，不要在時間流逝之後才悔恨不已。

📖 拓展

《詩經・豳風・七月》中有「七月亨葵及菽」。李時珍在《本草綱目》中說「古人種為常食，今之種者頗鮮。有紫莖、白莖二種，以白莖為勝。大葉小花，花紫黃色。其實大如指頂，皮薄而扁，實內子輕虛如榆莢仁」。此詩中「青青園中葵」的「葵」即指______。

A. 向日葵　B. 秋葵　C. 葵菜　D. 葵花

初三

春雪

［唐］韓愈

新年都未有芳華[①]，二月初[②]驚[③]見草芽。

白雪卻嫌[④]春色晚，故[⑤]穿庭樹作飛花。

📖 注釋

①芳華：泛指芬芳的鮮花。②初：剛剛。③驚：新奇，驚訝。④嫌：嫌怨，怨恨。⑤故：故意。

📖 譯文

新年已到還看不見芬芳的鮮花，到二月才驚奇發現有小草冒芽。

可能白雪也嫌春色來得太晚了，故意化作花瓣在庭院樹間穿飛。

📖 賞析

這首詩看似信筆拈來、平淡無奇，詩人卻能用通俗易懂的語言，寫出尋常景色的新奇之處。全詩構思巧妙，翻出新意，獨具風采。

首句交代時令特點，表達對春的盼望，為下文作鋪墊。「新年」即農曆進入正月或立春之後，象徵著春天的到來。「新年」已過了很久，卻遲遲看不到芬芳的鮮花，就使得在漫漫寒冬中久盼春色的人們分外焦急。一個「都」字，流露出人們這種急切的心情。第二句中的「　初」字含有春來過晚、花開太遲的遺憾。「驚」字最值得玩味，它寫出了詩人在焦急的期待中終於見到「春色」萌芽時的驚喜神情，生動而傳神。

「白雪卻嫌春色晚，故穿庭樹作飛花」一句表面是說有雪無花，實際是用白雪的急來反襯人們按捺不住的心情。「卻嫌」、「故穿」把春雪比作人，使雪花彷彿有了人的美好願望與靈性，把白雪比喻成飛花，把初春的冷落寫成了仲春的熱鬧，富有情趣。「春色」是什麼顏色？大多是青綠色，除此之外還有那開滿枝頭的白花，似雪非雪，故詩人讓「白雪」在春色還沒有完全出現時，暫時「作飛花」，為春天的到來留出時間。

雖然春色姍姍來遲，但終究還是會來的。韓愈在《早春呈水部張十八員外》中曾有「天街小雨潤如酥，草色遙看近卻無」之句，詩人似乎對「草芽」情有獨鍾，因為他從「草芽」中能看到春的消息，看到春的希望。實際上此時在自然界還沒有一片春色，表達了詩人期盼春天、翹首希望的心理，也讓全詩富有濃烈的浪漫主義色彩。

🕮 拓展

韓愈是唐代古文運動的倡導者，他提出的「文道合一」、「氣盛言宜」、「務去陳言」、「文從字順」等寫作理論，對後人創作有重要的指導意義。韓愈正師道，弘儒學，為百代之師，被後人尊為「唐宋八大家」之首，後人將其與______、柳宗元、蘇軾合稱「千古文章四大家」。

A. 范仲淹　B. 歐陽修　C. 王安石　D. 司馬光

初四

涼州詞（其一）

［唐］王之渙

黃河遠上白雲間，一片孤城萬仞[1]山。

羌笛[2]何須怨楊柳[3]，春風不度[4]玉門關[5]。

注釋

①仞：古代的長度單位，一仞相當於七尺或八尺。②羌（ㄑㄧㄤ）笛：中國古老的單簧樂器。③楊柳：指《折楊柳》曲。④不度：指吹不過。⑤玉門關：漢武帝置，是古代通往西域的要道，到了唐朝，玉門關日漸荒涼，故址在今甘肅省敦煌市西北部。

譯文

黃河像從天上白雲間奔流而來，玉門關孤獨地聳峙在高山中。

何必埋怨羌笛吹起《折楊柳》，春風是根本吹不到玉門關的。

賞析

許多詩人都喜歡《涼州詞》這個曲調，為它填寫新詞，如王翰的「葡萄美酒夜光杯」等，王之渙的這首《涼州詞》在當時已經成為廣為傳唱的名篇。詩中描繪了在高山大河的環抱下，一座邊塞孤城獨處蒼涼而壯闊的景象，抒發戍邊將士在春天到來時的思親懷鄉之情。

首句描繪西北廣漠壯闊的景色，抓住遠眺的景物特點。「黃河遠上白雲間」營造出洶湧澎湃、浩浩蕩蕩的黃河撲面而來的意境，加之「遠上」的動作，令起句便一瀉千里，氣勢磅礴，氣象開闊，意境宏偉。「一片孤城萬仞山」以「萬仞山」作為背景襯托「孤城」，使「孤城」顯得更加地勢險要、危險奇特，展現出了一種悲壯、蒼涼、肅殺的意境，也隱含了戍邊將士們生活的單調枯燥。前兩句有「黃河」的動、「孤城」的靜、「白雲」的遠、「萬仞」的高，全面展示出了西北邊塞雄闊蒼涼、氣勢雄偉的地形地貌。

後兩句借景抒情。在如此壯闊蒼涼的環境背景下，忽然聽到了「羌笛」聲，這種古老的樂器所吹的曲調恰好又是《折楊柳》，因為「柳」和「留」是諧音，不禁勾發揮戍邊士兵們的思鄉之愁。詩人不說「聞折柳」卻說「怨楊柳」，這一曲筆更顯寄情委婉、深化詩意。末句以「玉門關」的特殊地理位置，將關內春風送暖、草長鶯飛、楊柳依依的自然環境，與關外寒冷肅殺、黃沙瀰漫、草木稀疏的自然環境進行聯想、對比，令人沉思。詩人寫那裡沒有春風，也有暗喻安居於繁華帝都的最高統治者不體恤民情之意。

📖 拓展

《集異記》中記載一篇______的故事：「開元中，詩人王昌齡、高適、王之渙齊名。一日天寒微雪，三詩人共詣旗亭，貰酒小飲。忽有梨園伶官十數人登樓會宴。」於是三人約定偷聽諸歌妓歌唱，誰的詩歌入樂最多，誰就為優。前幾首都沒有王之渙的詩，王之渙看到最後一個身穿紫衣、長得最漂亮的歌妓，對二人說：「脫是吾詩，子等當須列拜床下，奉吾為師。」等到這位歌妓歌唱時，開口便是「黃河遠上白雲間……」

A. 以詩會友　B. 登樓會宴　C. 劉伶醉酒　D. 旗亭畫壁

驚蟄

月夜

［唐］劉方平

更深[1]月色半人家[2]，北斗闌干[3]南斗斜[4]。

今夜偏知[5]春氣暖，蟲聲新透[6]綠窗紗。

📖 注釋

①更（ㄍㄥ）深：夜深。②半人家：指月光一半照在庭院，另一半隱藏在黑暗裡。③北斗闌干：在北方天空的北斗七星橫斜的樣子，形容北斗星即將隱沒。④南斗斜：在北斗星以南的

南斗星橫斜的樣子。⑤偏知：才知，表示出乎意料。⑥新透：第一次透過。

📖 譯文

夜靜更深，月亮西斜，照射半邊庭院，北斗南斗，已經橫斜，星辰即將隱落。

今夜方知，春天已到，感到絲絲暖意，初次聽到，蟲鳴聲音，穿透綠色紗窗。

📖 賞析

前兩句寫詩人在庭院中仰望寥廓天宇，月色空明，星斗闌干，暗隱時光流轉。「半人家」寫出夜深時特有的月色，月光不是普照或灑滿，而是院落裡一邊有光，一邊陰暗，這樣的斜月是一種小的時間尺度推移，是夜晚時間上的變化。「北斗闌干南斗斜」是觀察所見，古人觀天象時北斗、南斗是非常重要的參照物，即從北斗和南斗傾斜角度的變化，觀察出一種大的時間尺度推移，是季節上的變化。宇宙浩渺，默默無言地暗示著時間的流逝，這種冬去春來的變化，如同月升月落、月圓月缺一樣，都是亙古不變的。

如果說前兩句是詩人的觀察，那麼後兩句則是詩人的感知。在這樣恬謐的春夜裡，透過身體髮膚和聽覺視覺均能感受萬物生息演變。夜半更深是一天中氣溫最低的時刻，就在這夜寒襲人之時、萬籟俱寂之際，響起了清脆、歡快的蟲鳴聲。象徵著生命在萌動、萬物在復甦，所以能在敏感的詩人心中湧起對春回大地的美好聯想。

「蟲聲新透綠窗紗」一句，展現出詩人捕捉物象時敏銳而獨特的審美視角，詩人從「蟲聲新透」感到節候變化、春意萌發，從細微之處反映大的節氣變化。因為蟲是大地之靈，接地氣、知地氣，而人類的反應總是遲鈍的，「蟲聲新透」如同「春江水暖鴨先知」，用動物的勃發暗合春意春景。其中「新」有詩人欣悅之意，「透」則傳遞出春夜萌動的力度，結合首句的深夜意境，令全詩新穎別緻、意蘊無窮。

📖 拓展

自古以來，中國就有星斗崇拜和占星之說，先民崇敬天象，並以天象四季變化預測人事吉凶，尤其是南北斗主人生死，影響頗巨。北斗七星是______星座的一部分恆星，七顆亮星在北天排列成斗（或勺）形，七顆星名分別是天樞、天璇、天璣、天權、玉衡、開陽和搖光。

A. 獵戶　B. 小熊　C. 大熊　D. 天鵝

初六

詠柳

［唐］賀知章

碧玉[1]妝[2]成一樹[3]高，萬條垂下綠絲絛[4]。

不知細葉誰裁[5]出，二月春風似剪刀。

注釋

①碧玉：此處比喻春天嫩綠的柳葉。②妝：裝飾，打扮。③一樹：滿樹。④絛（ㄊㄠ）：用絲編成的繩帶，此處指像絲帶一樣的柳條。⑤裁：裁剪。

譯文

高高的柳樹長出碧玉一樣的樹葉，無數柳枝垂下像飄舞的絲帶。

不知這細細柳葉是誰裁剪出來的，二月裡的春風像靈巧的剪刀。

賞析

這首詩新穎別緻、立意新奇，是飽含韻味的詠物詩。詩人用擬人手法，把春風孕育萬物形象地表現出來了，透過對柳樹的生動描繪，讚美了春天帶給大地的勃勃生機，烘托出春日無限的美感。

首句便給人們春的訊息。詩人把柳樹看作亭亭玉立的美人，把柳樹剛剛長出的嫩綠柳葉比作碧玉，詩人用這精美碧玉裝扮而成的「妙齡少女」把眼中的春色寫活了，將原本普通平常的柳樹寫得生動有趣和耐人尋味。首句「碧玉」既和柳樹的顏色有關，又和次句的「綠」互為補充。次句「萬條垂下」的「垂」字襯托出柳樹柔美裊裊的風姿，「絲縧」是用絲線編成的帶子，意思是無數下垂的柳枝像絲帶一樣在風中起舞，「綠絲縧」讓人聯想到細嫩的柳枝在春風吹拂下，像裙帶一樣隨風搖曳、婀娜多姿的樣子。這正是早春的柳，春回大地，乍暖還寒，柳樹悄悄披上綠裝，春風拂面，尚未到柳絮飛揚、綠蔭如蓋的時候。

全詩是先總後分，從整樹到柳枝，從柳枝再到柳葉，層層遞進、井然有序，蕩漾著春意，給予人美的享受。第三、四句從前兩句的擬人轉向聯想，詩人對「細葉」的觀察細緻入微，這些「細葉」清新可人、「巧奪天工」，令人讚嘆不已。這些如絲縧的柳條兒，細細的柳葉兒是誰剪裁出來的呢？一問一答，自問自答，妙趣橫生。接著，把乍暖還寒的「二月春風」別出心裁地比喻成「剪刀」，顯示了春風的神奇和靈巧。

全詩想像豐富、構思精巧、意境優美、渾然天成、語意溫柔，表達了詩人對春天的驚喜、讚美、熱愛之情，因此，賀知章的這篇《詠柳》詩實則妙在詠春。

📖 拓展

賀知章的詩清新瀟灑，意境深遠，「碧玉妝成一樹高」中的「碧玉」二字用典而不露痕跡。南朝樂府有《碧玉歌》，後來形成「______」成語。詩人把眼前這棵柳樹和古代質樸美麗的少女連繫起來，二者姿態楚楚動人，充滿青春活力。

A. 丹心碧血　B. 碧波蕩漾　C. 小家碧玉　D. 玉樹臨風

初七

柳

［唐］鄭谷

半煙半雨[①]江橋畔，映杏映桃[②]山路中。

會得[③]離人[④]無限意[⑤]，千絲萬絮惹[⑥]春風。

📖 注釋

①半煙半雨：雲霧夾雜著細雨。②映杏映桃：與杏樹和桃樹相映。③會得：懂得，理解。④離人：遠離故鄉的人。⑤無限意：指思鄉的情感。⑥惹：招引，挑逗。

📖 譯文

柳樹長在煙雨迷濛的溪橋邊，與杏樹和桃樹在山路旁相映。

它彷彿懂得遊子思鄉的情感，用無數的柳絲柳絮招引春風。

📖 賞析

在古詩詞中，「柳」這一意象與離愁別緒、思鄉懷遠緊密相連。題目中的「柳」字諧音「留」字，古人折柳贈別，有挽留、依依不捨之意。故詩人透過描寫一幅江畔橋邊柳絲輕拂、煙雨依依裊裊、柔美而富有生機的春景圖，表達了離別之人難捨難分的眷戀之情。

「半煙半雨江橋畔，映杏映桃山路中」形象地寫出春雨迷濛的樣子，以春景的綿柔反襯「離人」的悲情。在「江橋畔」，雲霧夾雜著細雨，如煙似幻，煙雨空濛中最容易引出人的離愁情緒。兩個「半」字覆疊，表示兩種現象同時發生、兩種事物同時存在，也反襯出分割、分離之意。「山路中」乃旅人前行之路，可想而知，陰雨天氣，道路泥濘，視線不佳，暗示行人前路之艱難。

「會得離人無限意」從正面襯托「離人」的情緒。「會」可理解為領會、體會，在詩人的筆下，連無語的柳樹都能體悟出離人之情，可見這種離愁非常具有感染力和穿透力。「離人無限意」呈現出一幅縱有千言萬語也無言以對的離別畫面，在一種無邊的愁緒縈繞下，「此時無聲勝有聲」。「千絲萬絮惹春風」中的「千絲萬絮」即「千思萬緒」，音同字不同，一語雙關，用法巧妙。其中的「惹」字顯然是擬人手法。柳絮飄蕩，風情萬種，這些數不清的柳枝、柳絮彷彿懂得即將分手之人的離愁別緒，在春風中舞動著、飛揚著、搖曳著，惹動著彼此撩亂的離緒。「惹春風」又與上句「無限意」相得益彰，令人回味無窮。這樣一來，句句有柳、句句寫柳，無時不緊扣題目，無處不突出主旨。

🕮 拓展

古人善用諧音表達情感，詩中「柳」與「留」、「絲」與「思」相諧，親人或朋友離別時，折柳以表達對離別者的不捨之情。「折柳」一詞最早見於______，這種「折柳」贈別之風尤其是在唐、宋時期最為盛行，李白「年年柳色，灞陵傷別」就說了這樣一種風俗。

A.《楚辭》　B.《漢樂府》　C.《水經注》　D.《淮南子》

初八

滁州西澗[1]

［唐］韋應物

獨憐[2]幽草[3]澗邊生，上有黃鸝深樹[4]鳴。

春潮[5]帶雨晚來急，野渡[6]無人舟自橫。

🕮 注釋

①滁州西澗：在今安徽省滁州市西上馬河。②獨憐：唯獨喜歡。③幽草：幽深地方的草叢。④深樹：枝葉茂密的樹。⑤春潮：

春天的潮汐，一定時間內潮水推波助瀾，迅速上漲，達到高潮，過後又自行退去。形容其勢之猛。⑥野渡：郊野的渡口。

🕮 譯文

最喜愛澗水邊生長的小草，樹叢深處傳來黃鸝婉轉的啼鳴。

春潮夾帶著夜雨來得湍急，無人的渡口只有小船橫在水面。

🕮 賞析

這是一首清新自然的山水詩，詩中有畫，景色豐富，是韋應物在滁州刺史任上所作。詩人分別從「澗邊」和「澗中」著筆，寫春遊西澗暮雨野渡的情景，繪影繪聲，優美如畫，而且傳達出行人待渡的悵惘心情，流露出一種恬淡的情趣。因韋應物作此《滁州西澗》廣為傳播，「西澗春潮」成為滁州歷史上的十二景之一。

前兩句詩句由清麗的色彩與動聽的音樂交織而成，景緻幽雅，令人賞心悅目，表露出了詩人閒適恬淡的心境。山澗邊的「幽草」本不起眼，但草不與花爭奪芬芳，生於偏僻之處而不甘墮落、坦然處世、安貧樂道的高尚氣節與詩人的操守極為吻合，故言「獨憐」。「幽草」帶給人幽清之感，此時聽到「黃鸝深樹鳴」，是以「鳴」襯「幽」，靜謐的山谷中蕩起一層漣漪，自然而然地贏得了詩人的喜愛。

接下來兩句側重於描寫荒郊野渡之景。當夕陽西沉，暮色降臨時分，西澗的潮水拍著岸邊，一場春雨被風裹挾著，急驟地飄落在水面上。這時，連渡口的船家也回家了，只見一葉小舟繫在渡口邊，隨著澗水的湧動上下顛簸。詩中出現的「帶雨春潮」之急和「渡口橫舟」的景象，未免有些荒涼，但用一個「自」字卻展現出詩人悠閒自得的心境。「舟自橫」三字，一說小舟處此清閒之地，閒而無用，表達詩人不被重用的憂傷情懷；一說小舟處此激流之中，坦蕩悠然，表達詩人的寬廣胸懷。

🕮 拓展

韋應物以善於寫景和描寫隱逸生活著稱，這首《滁州西澗》不僅是其個人的代表作之一，也是安徽省滁州市的名片，人們聽到「野渡無人舟自橫」時，自然而然地會想到滁州。歷史上還有一首______也是滁州的一張名片，被後人廣為傳頌。

A.《芙蓉樓送辛漸》　B.《題西林壁》　C.《醉翁亭記》　D.《鳥鳴澗》

初九

山中問答

［唐］李白

問餘①何意棲②碧山③，笑而不答心自閒④。

桃花流水窅然⑤去，別有天地⑥非人間。

📖 注釋

①餘：代詞，指我。②棲（ㄑㄧ）：居住，停留。③碧山：一說在今湖北省安陸市境內的白兆山；一說為汪倫的家鄉，今安徽省黃山市黟縣碧陽鎮碧山村；一說指山色的青翠蒼綠。④自閒：自得悠閒。⑤窅（ㄧㄠˇ）然：精深貌，深遠貌。⑥別有天地：比喻另有一番境界，形容風景引人入勝。

📖 譯文

有人問我為何隱居在碧山，我笑而不答心境自在悠閒。

桃花飄落隨溪水遠遠流去，真別有天地宛如仙境一般。

📖 賞析

與李白同一時期的偉大詩人中，很多詩人都有或遊歷四方、或隱居江湖、或寄情山水的經歷，寫出了許多熱情洋溢的山水讚歌。而李白最能將憤世嫉俗的情感與樂觀浪漫的性格奇妙地統一在一起，令全詩充滿著天然、寧靜之美。

這首詩的詩題一作《山中答俗人》，那麼「問」的主語就是所謂的「俗人」，「餘」是詩人自指，「何意」一作「何事」，「碧山」可能是李白在安陸居住十年期間隱居之地，也可能是當年李白與汪倫結為摯友，汪倫帶他回到家鄉黟縣碧陽鎮碧山村，目前已經發現的李白記述此次黟縣碧山之遊的詩作就有三首，碧山人曾建一座太白樓以紀念李白。全詩以提問的形式領起，突出題旨，喚發揮讀者的注意。「問餘何意棲碧山」是從別人的這種不解中，透露出詩人對此地有一種特殊的喜愛，他一入「碧山」，樂而忘返。當人們正要傾聽答案時，詩人只是微微一笑，「笑而不答」，並不直接回答，只言詩人的心境，就像那悠然自得的白雲一樣，閒適淡泊。

後兩句化用陶淵明《桃花源記》之句，寓意這裡好似與外界隔絕的桃花源，裡邊的人過著安居樂業的生活。「桃花流水」之景，其實也就是「何意棲碧山」的答案，這種「不答」而答，反而加深了詩的韻味。「別有天地」已經說明此處另有一種境界了，但詩人覺得意猶未盡，還要進一步用「非人間」三字加以強調，提醒人們，這確實是與俗世不同的另一個世界！

📖 拓展

李白十八歲時，隱居大匡山（今四川省江油市內）讀書，杜甫入蜀曾作「匡山讀書處，白頭好歸來」。李白二十四歲時，離開故鄉而踏上遠遊的征途，遊成都、峨眉山，然後舟行東下至渝州。二十五歲時出蜀，往揚州、汝州、陳州至安陸。在這次出蜀遊歷期間與______至少有兩次相會的經歷，一位是小有名氣的後生，一位是名滿天下的長者，兩人結下深厚友誼。

A. 王維　B. 王昌齡　C. 孟浩然　D. 杜甫

初十

邊詞

［唐］張敬忠

五原[1]春色舊來[2]遲，二月垂楊未掛絲[3]。

即今[4]河畔冰開日，正是長安花落時。

注釋

①五原：在今內蒙古自治區巴彥淖爾市五原縣，位於河套平原腹地。②舊來：自古以來。③未掛絲：指柳樹還未吐綠。④即今：如今，現今。

譯文

五原的春天總是姍姍來遲，仲春二月柳樹還未吐綠。

如今黃河河面才開始解凍，長安城裡已是落花時節。

賞析

張敬忠在朔方軍幕任職時，作此《邊詞》詩描繪邊塞景色，反映邊地生活風情，表達了戍邊將士對長安及家園的深深懷念之情。

首句中的「五原」，就是今內蒙古自治區的五原縣，這裡地處邊塞，靠近北疆，氣候嚴寒，景物荒涼，春色也就姍姍來遲。從「五原春色舊來遲」中「舊來」二字可見，作為邊塞的五原歷來春晚，「遲」字總攝全文，而且表明了對春的期盼與等待。二月的廣大中原和江南地區已是「草長鶯飛二月天」，已是「二月春風似剪刀」，已是「二月初驚見草芽」，已是「春風二月氣溫和」了。詩人筆下此地的二月卻是「二月垂楊未掛絲」，光禿禿的空枝搖曳在凜冽的寒風中，看不到一絲綠意和春天到來的景象。詩人非常簡潔地寫出了邊地春遲的特點，從側面反映出邊塞天氣寒冷、偏僻荒蕪，以及戍邊將士們的艱辛苦楚。

後兩句仍緊扣遲來的「五原春色」作進一步對比。「即今」、「便是」顯得特別輕鬆，富有神韻。「河畔冰開」象徵著大地回暖、萬物復甦，冰凍的河面開始解凍，河畔的積雪開始融化，但只能說這樣的自然現象代表春天的腳步隱約可見，春天的身影和春天的色彩還很遙遠。而這時都城長安早已姹紫嫣紅開過，萬千春花凋謝了。這一對比，不僅進一步突出了邊地春遲，而且寓含了戍守荒寒北疆的將士們對故鄉的思念。

五原的春色遲是客觀的自然現象，詩人的心中也未曾流露出哀怨和憂傷，因為雖春色「來遲」，但春天總會如約而來，冰河終會漸漸融化，那時五原仍有柳綠花紅。全詩語言純樸、對照鮮明、行文從容、風采天然，雖然看不到一點綠色，卻能給予人希望和寄託。

拓展

五原城歷史悠久，戰國時屬趙國九原郡，漢武帝設五原郡，唐朝初年，五原被突厥所踞，至唐貞觀四年（西元六三〇年），唐軍將突厥逐於北方，五原屬關內道豐州所轄。唐朝中期在黃河北岸修築______屯兵城堡，即三受降城，以絕突厥南進之路，至唐中葉以後，五原為轄境。

A. 西受降城　B. 東受降城　C. 中受降城　D. 北受降城

十一

雨晴

［唐］王駕

雨前初見花間蕊，雨後全無葉底①花。

蜂蝶紛紛過牆去，卻疑②春色在鄰家。

注釋

①葉底：綠葉中間，葉子底部。②疑：懷疑。

譯文

雨前才見到鮮花的花蕊，雨後葉下的花全不見了。

蜜蜂、蝴蝶紛紛飛過牆，懷疑春色跑到鄰家去了。

賞析

這首即興小詩，描繪了一場不小的春雨後，詩人漫步小園所見的春日之景。全詩沒有寫雨勢，卻選取簡單的景物，寫雨前和雨後的對比，平中見奇，饒有詩趣。

首句追憶雨前的花園景象，當時花兒剛剛開放，新吐出的花蕊一定是惹人喜愛的。「初見」二字，表明詩人還沒有來得及仔細欣賞，天就下起雨來，只好躲進屋中，等待雨過天晴。次句則表達詩人苦悶的心情，一場雨後，花已不見，只留下園中滿目瘡痍，但詩人似乎不想善罷甘休，撥開花葉，想找出藏在葉底下沒受雨淋的花來，可見詩人賞花之心多麼迫切。「雨後全無葉底花」一作「雨後兼無葉底花」，結果是好端端的鮮花初放，卻被這一場雨給打落了，春花豔麗景色全無。望著花園裡落花殘景，是多麼令人失望、令人掃興、令人惆悵啊！

後兩句描寫掃興的不只是詩人，還有那些蜜蜂和蝴蝶。「蜂蝶紛紛過牆去」一作「蛺蝶飛來過牆去」，一定是被苦雨久困的蜜蜂和蝴蝶，好不容易盼到雨晴，看到花已凋落，大失所望，不得已紛紛飛過牆頭遠去。現在，不但花兒沒了，蜜蜂和蝴蝶也飛走了，看著庭院的寂寞，傷感湧向詩人心頭。滿懷惜春之情的詩人，望著「紛紛過牆去」的蜂蝶而產生了奇妙的聯想：可能春色真的有腳，跑到鄰家去了。「卻疑春色在鄰家」的「疑」字極有分寸，可謂神來之筆，令人耳目一新，既表達了蜂蝶的

「疑」，也表達了詩人的「疑」，都不希望一場大雨就把這迷人的春色草草結束了，這是一種希望和寄託。而且詩人的「疑」還有兩層「疑」，先是蜂蝶在「疑」，進而飛過牆去，後是詩人看到蜂蝶飛走也不免產生「疑」，第二層是詩人「疑」其「疑」。

📖 拓展

王駕是晚唐詩人，與鄭谷、司空圖為友，詩風亦相近。其妻______也是唐朝兩百餘位女詩人之一。在王駕戍邊時，她做衣服寄給丈夫，並作詩《寄夫》：「夫在邊關妾在吳，西風吹妾妾憂夫。一行書寄千行淚，寒到君邊衣到無？」　在當時廣為傳頌。

A. 李治　B. 劉採春　C. 薛濤　D. 陳玉蘭

十二

江畔獨步尋花（其五）

［唐］杜甫

黃師塔[1]前江水東，春光懶困[2]倚微風。

桃花一簇[3]開無主[4]，可[5]愛深紅愛淺紅？

📖 注釋

①黃師塔：和尚所葬之塔，僧人俗姓黃，葬於塔中，故稱「黃師塔」。②懶困：疲倦困怠。③一簇：一叢。④無主：沒有主人，不知歸屬，自生自滅，無人照管。⑤可：到底，究竟。

📖 譯文

來到黃師塔前看江水東流，春光令人睏倦，真想倚靠著春風。

一叢鮮豔的桃花無人照管，到底喜歡深紅色，還是淺紅色呢？

📖 賞析

杜甫定居於成都草堂，生活稍稍安定，在春日中漫步於草堂周邊，每經歷一處寫一處，一連成詩七首，此為第五首。詩人將自己舒適的心情與大好春光融為一體，表達了詩人對美景的讚美和對桃花的欣賞，達到寓情於景、以景寄情的境界。

首句寫出具體地點，是在巍峨的「黃師塔」前，看見那一江碧波春水滾滾向東流去，春天冰雪融化，春江水漲。「黃師塔」的矗立與「江水」的澎湃，一靜一動、一縱一橫，給予人壯美、廣闊的感受。「春光懶困倚微風」則寫自己的倦態，暖風襲人，容易睏倦，又因「懶困」而思有所倚靠，春光、微風都不是實物，不可能「倚」，卻偏說「倚」，這是詩人詞意表達的高妙之處，透過構思奇妙的「倚」，來寄託優雅的情懷。

詩人隨行隨寫，忽見一簇桃花野外盛開，不知歸屬自然「無主」，其深紅、淺紅相間，各有特點，究竟喜愛哪一種呢？「開無主」則流露出淡淡的哀愁，若詩人不尋花至此，又有何人賞識？不過，在春光明媚的日子，心情還是能馬上轉到對「桃花」的欣賞上，桃花花色有「深紅」，有「淺紅」，令人目不暇接，不禁讓人為之心醉神迷，充分表現出桃花的顏色之美與詩人的愛賞之深。詩中「深紅」與「淺紅」形成色差，能讓讀者眼前一亮，寫出桃花彷彿在爭先恐後地爭寵，表現出桃花的可愛與俏皮。結尾的一個反問，也讓賞花之人更具惜花之情，由己及人，有餘音繞梁之妙。

🕮 拓展

杜甫對生活的熱愛和對花草的喜愛展現在這組《江畔獨步尋花》裡。他定居成都後，在春暖花開時節，獨自在江畔散步賞花，一連寫了七首，第一首寫惱花，第二首寫畏春，第三首寫報春，第四首寫憐花，第五首寫在黃師塔______前賞花，第六首寫在黃四娘家看花，第七首做總結，提出「不是愛花即肯死，只恐花盡老相催」的觀點。

A. 嘉陵江　B. 錦江　C. 岷江　D. 清白江

十三

江畔獨步尋花（其六）

［唐］杜甫

黃四娘[1]家花滿蹊[2]，千朵萬朵壓枝低。

留連[3]戲蝶時時舞，自在嬌鶯恰恰[4]啼。

注釋

①黃四娘：杜甫住在成都草堂時的一位鄰居。②蹊（ㄒㄧ）：小路。③留連：同「流連」，即留戀，捨不得離去。④恰恰：象聲詞，形容鳥叫的聲音。

譯文

黃四娘家的小路兩邊滿眼繁花，萬千花朵壓得枝條低低垂下。

彩蝶嬉戲流連鮮花間翩翩飛舞，自由自在的黃鶯歡快地鳴啼。

賞析

詩人居成都草堂期間，在春日中漫步於草堂周邊，每經歷一處寫一處，第一首是總提「尋花」之故，第七首是總說「愛花」之由，中間五首各取一處花景。這是第六首，記敘在黃四娘家賞花時的場景和感觸，描寫草堂周圍爛漫的春光，表達了對美好事物的熱愛之情。

與第五首「黃師塔前江水東」相類似，首句即點明尋花的地點在「黃四娘家」的小路上。「花滿蹊」是花開成片、花團錦簇之狀，與第二句的「千朵萬朵」相呼應，「千朵萬朵」是「滿蹊」的具體表現，「壓枝低」描繪繁花沉甸甸地把枝條都壓彎了，可見花朵之繁茂、景色之絢爛。「千朵萬朵」的覆疊，具有一種口語婉轉音韻之美，「壓」、「低」二字又用得十分準確，生動形象地描繪了春花密密層層、又大又多之貌。

第三句寫蝴蝶在花叢中飛來飛去、戀戀不捨的樣子。鮮花以各種芬芳氣味和豔麗顏色吸引蝴蝶為其傳播花粉，鮮花為蝴蝶提供食物來源，暗示出花的芬芳。蝶流連於花，人也流連於「戲蝶」的舞姿，「花滿蹊」和「戲蝶」已讓詩人愛花、賞花之情溢於言表。

「自在嬌鶯恰恰啼」一句從視覺延伸到聽覺，把春意熱鬧的情趣渲染了出來。「恰恰」二字渾然天成，既唯妙唯肖地描寫出黃鶯響亮清脆、婉轉悅耳的叫聲，又與第三句的「時時」形成對仗，使語意更強更生動，為此詩增添了無窮魅力。詩人寫黃鶯，不用黃鶯而用「嬌鶯」，顯示出其嬌嫩、可愛的形象；寫粉蝶不用粉蝶而用「戲蝶」，顯示出其歡快、愉悅的動作，不僅有聲有色、映襯成趣，還表現了詩人的愉悅之感。

📖 拓展

杜甫在西元七五九年入蜀後，獲得了一個暫時得以休息的棲息之所，此時，王昌齡、王維、李白、儲光羲先後離世，韓愈、劉禹錫、白居易尚未出生，盧綸、孟郊、楊巨源還處在童年，唐詩彷彿進入一個暫時休息的狀態。杜甫的詩不曾被當時的所謂詩人們所接受，後來韓愈的______是這樣評價的：「李杜文章在，光焰萬丈長。不知群兒愚，那用故謗傷。蚍蜉撼大樹，可笑不自量」。

A.《題驛梁》　B.《調張籍》　C.《進學解》　D.《題李生壁》

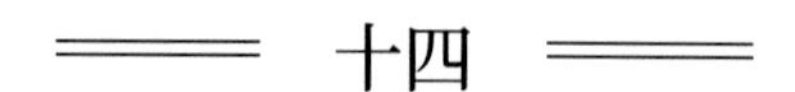

十四

絕句四首（其三）

［唐］杜甫

兩個黃鸝[①]鳴翠柳，一行白鷺[②]上青天。

窗含[③]西嶺[④]千秋雪，門泊東吳[⑤]萬里船。

📖 注釋

①黃鸝：鳥名，身體羽毛呈黃色。②白鷺：鸛名，身體羽毛呈白色，能涉水捕食魚蝦。③含：藏在裡面，包容在裡面。

④西嶺：即成都西南的岷山，山頂積雪常年不化。⑤東吳：泛指長江下游的江浙一帶，成都有水路通長江。

📖 譯文

兩隻黃鸝在翠綠的柳枝間鳴叫，一行白鷺飛上湛藍的天空。

西嶺雪山的景色鑲嵌在窗子裡，門外停泊著東吳遠來的船。

📖 賞析

這組詩是杜甫在成都草堂時心情特別舒暢的一段時期所作。詩人情不自禁，信手拈來，即興詠春，事先既未擬題，詩成後也不打算擬題，遂以「絕句」為題。第一首寫草堂，第二首寫浣花溪，第四首寫藥圃，此為第三首，描寫早春景象。這首詩用四句描繪出四幅圖景，分開來看如四扇屏風，合在一起又組成一幅優美的風景畫卷。

前兩句的著眼點都是鳥，是兩種鳥的不同狀態。「黃鸝」是在「翠柳」中鳴啼，「白鷺」是在「青天」中翱翔。因杜甫草堂種有竹子，而且視線開闊，故鳥鳴鷺飛，與物俱適。兩句中一連用了「黃」、「翠」、「白」、「青」四種鮮明的顏色，色彩絢麗至極，令人目不暇接，編織成一幅絢麗的圖景。詩中「黃鸝」用「個」而不用「隻」，是因為「個」是仄聲，與下句平聲的「行」相對，比較協調。這兩句中尤其「鳴」和「上」最為傳神，前者成雙成對的黃鸝在鳴叫，婉轉悅耳，構成一幅具有喜慶氣息和生機勃勃的畫面，後者一行白鷺在這個清新的天際中飛翔，顯出一種自由自在的舒適環境和奮發向上的精神狀態。

第三、四句仍然是寫景，詩人從草堂內部向窗外看，窗對西山，嶺上積雪終年不化，所以積聚了「千秋雪」，古雪相映，對之不厭。末句視線再轉向門外，可以見到停泊在江岸邊的船隻，景物轉換，靜而欲動，使所表達的意境更為悠遠。詩人也寄希望於「安史之亂」平息後，能出現一衍生機勃勃的景象。

詩中「窗」與「門」是兩處風景，「西嶺」與「東吳」是兩個位置，「千秋雪」與「萬里船」是兩種景緻，而且既言時間之久，又言空間之遠，宛然組成一幅咫尺萬里的壯闊山水畫卷。

📖 拓展

絕句往往在四句中前兩句寫景對仗，後兩句抒情而不對仗；或者前兩句不對仗，後兩句對仗。全詩四句處處對仗，且自然流暢、著色鮮麗、動靜結合，備受推崇。杜甫曾在______中自述「為人性僻耽佳句，語不驚人死不休」。

A.《奉贈韋左丞丈二十二韻》　B.《春望》　C.《江上值水如海勢聊短述》　D.《悲陳陶》

十五

月下獨酌（其一）

［唐］李白

花間一壺酒，獨酌無相親[1]。

舉杯邀明月，對影成三人。

月既[2]不解[3]飲，影徒[4]隨我身。

暫伴月將[5]影，行樂須及春[6]。

我歌月徘徊[7]，我舞影零亂[8]。

醒時同交歡[9]，醉後各分散。

永結無情遊，相期[10]邈雲漢。

注釋

①無相親：沒有親近的人。②既：已經。③不解：不懂，不理解。④徒：徒然。⑤將：和，共。⑥及春：趁著春光。⑦月徘徊：明月隨我來回移動。⑧影零亂：因起舞而影子紛亂。⑨同交歡：一起歡樂。一作「相交歡」。⑩相期：相約會。邈（ㄇㄧㄠˇ）：遙遠。雲漢：銀河。

譯文

花叢中擺上一壺美酒，我自斟自飲沒有人陪伴。

舉杯邀請天上的明月，與我影子一起湊成三人。

明月既不懂飲酒之樂，影子徒然跟隨我的左右。

暫以明月、影子相伴，趁此良辰美景及時行樂。

我歌唱時月亮伴隨我，我舞蹈時影子隨我旋舞。

清醒時我們分享歡樂，酒醉以後大家各奔東西。

願能結成永恆的友誼，來日相聚在遙遠的銀河。

🕮 賞析

這組《月下獨酌》共四首，尤以第一首流傳最廣。李白一生豪放、浪漫，卻也會在這樣的月夜，一個人獨酌，一個人落寞。這首詩寫詩人由政治失意而產生的一種孤寂憂愁情懷，詩人的浪漫、灑脫、不羈的個性和情感在詩中一覽無餘。

詩人準備一壺美酒，擺在花叢之間，自斟自酌，無親無友，孤獨一人。首句顯得意境冷冷清清，於是詩人突發奇想，把天邊的明月和月光下自己的影子拉了過來，連自己在內，化成三個人，舉杯共酌，頓覺熱鬧起來，這也是詩人性格使然。「月既不解飲」是說月不懂得飲酒，影子徒然隨身，仍歸孤獨。怎麼辦？引出「行樂及春」的題意。

從後六句可以看到，詩人已經酒至半酣，漸至佳境了，情緒也顯得更加激昂。此時的李白，亦歌亦舞，興致盎然，醉眼望月，月亮好像在隨著他歌唱的節奏起舞，醉眼回首，地上的身影伴隨舞姿搖曳不定。「永結無情遊，相期邈雲漢」突顯了詩人這種似仙非仙的情懷，我們只有對李白的身世和追求有了初步的了解之後，才有可能真正體會。灑脫和浪漫是李白一生的主基調，他一生都在追求美好，但在人生的起伏中，一時的失意是難免的，詩人善於排遣寂寞的處世之道難能可貴。

📖 拓展

「世事一場大夢，人生幾度秋涼」，當時的李白，政治理想不能實現，心情無比苦悶淒涼。但他面對殘酷的現實，沒有沉淪，而是追求自由，嚮往光明。《月下獨酌》組詩作於______，李白賦予事物人格化的感情，展現出其豐富的想像力。

A. 巴蜀　B. 湖北　C. 長安　D. 江西

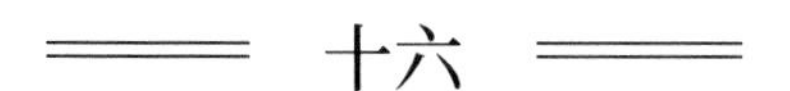

十六

牧童詞

［唐］李涉

朝牧牛，牧牛下江曲[1]。

夜牧牛，牧牛度村谷[2]。

荷蓑[3]出林春雨細，蘆管[4]臥吹[5]莎草[6]綠。

亂插蓬蒿[7]箭滿腰，不怕猛虎欺黃犢。

📖 注釋

①江曲（ㄑㄩ）：江水曲折處，指江灣或江岸。②村谷：村野山谷。③荷（ㄏㄜˋ）蓑（ㄙㄨㄛ）：披著用草或棕編的蓑衣。④蘆管：此處指用蘆葦的莖做成的哨子。⑤臥吹：橫吹或躺著吹。⑥莎草：生長在潮溼處或沼澤地的一種多年生草本植物。⑦蓬蒿（ㄏㄠ）：即茼蒿或蓬草、蒿草等草本植物。

📖 譯文

早晨去放牛，把牛趕往彎曲江岸。

傍晚放牛歸，把牛趕過村野山谷。

披著蓑衣出入在下雨的樹林中，折支蘆管在莎草叢裡仰臥著吹小曲。

腰間插滿了用蓬蒿做的弓和箭，這樣就再也不怕老虎來欺咬牛犢了。

📖 賞析

全詞生動地描繪出一幅牧童早晨、傍晚放牧的圖景，刻劃出牧童特有的心理活動和動態，妙趣橫生，情趣盎然。

起首寫早出晚歸的牧童的生活和作息時間，「朝牧牛」是指「牧牛去」，「夜牧牛」是指「牧牛歸」，這一去一歸就是一天。「朝牧牛」去往江邊或河岸，因為牛經過一夜的睡眠，需求去河邊飲水、吃草，「夜牧牛」時趕牛走過山谷，描述村落的位置應該距離山谷不遠，在山谷中能望見裊裊炊煙，充滿和諧、恬淡、清新和生機。接下來，描寫牧童生活的多姿多彩、無憂無慮，刻劃牧童的可愛與浪漫。詩人彷彿看到出林的牧童披起了蓑衣，才感覺到空中已經飄起了雨絲，一個「細」字，準確地抓住了春雨的特徵，增強了畫面的清新感。「臥吹」準確地描述了牧童天真快樂、無拘無束的模樣；「蘆管」聲打破了山谷的寂靜，使整個畫面靈動起來，又能使人體會到山谷中的清幽和寧靜。

最後二句描述頑皮的牧童用放牛路上的「蓬蒿」把自己裝扮成一個全副武裝的勇士，模樣逗人，恰如其分。「不怕猛虎欺黃犢」用了牧童的語言和語調，這樣「箭滿腰」自然會引起別人的詢問，回答更是一語點出山中牧童那種勇敢無畏的性格特點。詩人透過白描的手法和近乎口語化的語言，表達了對悠然自得、閒適自由生活的嚮往，處處洋溢著濃郁的鄉土生活氣息。

🕮 拓展

在古代，詩人常會以牧童為題材記錄他們的生活，並為此作下很多名篇。牧童與______，三者常完美地組合在一起，構成一幅清新悠閒、樸實無華的田園風光，如黃庭堅的《牧童》、呂巖的《牧童》、張籍的《牧童詞》、袁枚的《所見》等都是膾炙人口的精品佳作。

A. 蓑衣、老牛　B. 蘆管、蓑衣　C. 短笛、蓑衣　D. 短笛、老牛

十七

登科後

［唐］孟郊

昔日齷齪[1]不足誇[2]，今朝放蕩[3]思無涯[4]。

春風得意馬蹄疾，一日看盡長安花。

注釋

①齷（ㄨㄛˋ）齪（ㄔㄨㄛˋ）：原意指不乾淨、髒，或不拘小節，此處指不如意的處境。②不足誇：不值得提發揮。③放蕩：自由自在，不受約束。④思無涯：興致高漲。

譯文

以往生活上的不如意不值得一提，今日金榜題名令人興致高漲。

迎著春風得意地策馬飛馳在長安，一日看盡長安城的似錦繁華。

賞析

唐代一般每年都設科取士，通常是正月考試、二月放榜，曾經造成了抑制門閥、獎拔寒庶的進步作用。西元七九六年，孟郊四十六歲時又奉母命第三次赴京科學考察，終於登科，放榜之日，孟郊喜不自勝，即興而作此詩，將詩人策馬奔馳於春花爛漫的長安大道上時的得意情景描繪得生動形象。而「春風得意馬蹄疾，一日看盡長安花」成為廣為流傳的千古名句。

首句直接傾瀉詩人心中的狂喜，說出以往生活上的困頓和思想上的不安再也不值得一提了。天下學子為了一朝成名，不惜十年寒窗，可以想像為了科學考察，他們節衣縮食、不修邊幅，也不曾風流倜儻地賞春遊樂過，此時金榜題名，終於能無拘無束、自由自在、揚眉吐氣、光宗耀祖了。「朝為田舍郎，暮登天子堂。」　考中進士之後一旦封官，不僅如鯉魚躍龍門一般，改變個人以及家族的命運，甚至還有機會在青史中留下一筆。詩人昔日是困頓的、局促的、不安的，今日是放蕩的、得意的、酣暢的，描繪出其登科後神采飛揚的樣子。正因為有前兩次落榜的對比，才有這次「思無涯」的高漲興致。

後兩句膾炙人口，並留下了「春風得意」、「走馬看花」兩個成語。語句神妙之處在於情景交融、心到神到、意到筆到。「得意」指考取功名稱心如意，「疾」是快的意思，更是人的身心快意。長安是繁華的大都市，春日百花齊放，遊人如織，車馬擁擠，但此時詩人已按捺不住激動的心情，騎在高頭大馬上，迎著春風，策馬奔馳，不想品花賞花，任馬狂奔，這樣一來，「長安花」就能被「一日看盡」，詩人將自己登科後那份得意暢快表現得酣暢淋漓。

📖 拓展

唐朝進士及第的才子除了用泥金帖子向家人報喜、拜謝考官參謁官員、出席不計其數的各種宴會外，最開心的事情就是去探花。唐人以______為科舉的吉祥物，因此，會指派進士及第中最少年英俊的兩個人為探花郎，騎馬尋街探訪名花。後來，探花在明清時期成為狀元和榜眼之後一甲第三名的通稱。

A. 桃花　B. 牡丹　C. 杏花　D. 梨花

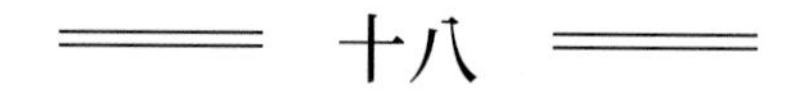

十八

桃花溪

［唐］張旭

隱隱飛橋①隔野煙②，石磯③西畔問漁船。

桃花盡日④隨流水，洞⑤在清溪何處邊？

📖 注釋

①飛橋：架設於高空的橋梁。②野煙：指荒僻處的霧氣。③石磯：水邊突出的巨大岩石。④盡日：整天，整日。⑤洞：此處指《桃花源記》中武陵漁人找到的洞口。

📖 譯文

山中雲煙繚繞，飛橋若隱若現，在岩石西側問那漁船上的漁人。

我看見這些桃花整天順流而下，請問傳說的洞口在溪流哪邊呢？

📖 賞析

此詩的作者一說為唐朝書法家張旭，題目為《桃花溪》，一說為北宋書法家蔡襄，題目為《度南澗》。南宋洪邁的《萬首唐人絕句》裡將此詩歸入張旭名下，並註明古本作張顛，題目為《桃花磯》，清朝欽定四庫全書中的《御選宋金元明四朝詩．宋詩卷六十五》裡歸為蔡襄，題目為《度南澗》。

東晉詩人陶淵明在《桃花源記》中描繪了一個與世隔絕的地方，叫桃花源，詩人受此啟發，透過描寫桃花溪幽美的景色和詩人對漁人的詢問，抒寫一種嚮往世外桃源、追求美好生活的心情。這首《桃花溪》構思婉曲，意境若畫，有景有情，趣味深遠。蘅塘退士曾有批註：四句抵得一篇《桃花源記》。

首句「隱隱飛橋隔野煙」描繪了野外山谷的遠景。詩人透過霧氣望去，那橫跨山溪之上的長橋忽隱忽現，似有似無，給人一種朦朦朧朧、如入仙境、不似人間的感覺，契合了陶淵明筆下的桃花源意境。次句「石磯西畔問漁船」是近景。這裡雖然幽深神祕，但並不孤寂，總有漁船往返經過，一個「問」字往原本空闊朦朧的畫面中增添了詩人和漁人兩位人物。恍惚間，似乎把眼前的漁人當成了當年曾經進入桃花源中的武陵漁人。

後兩句漁舟輕泛，問詢漁人，尋找桃源，只講述詩人向漁船上的人問了什麼，但並未作答，給人留下了更多遐想的空間。詩人看見一片片桃花瓣隨著清澈的溪水不斷漂出是詢問的原因，「桃花盡日隨流水」中的「盡日」說明詩人在此已經佇立良久，甚至已經觀察這種現象多日了，不解其源而心嚮往之，可是這個洞到底在哪裡呢？詩人以一個問句結尾，沒有回答這個問題，漁人可能知道，也可能不知道，詩人透過「問漁船」後可能知道，也可能不知道，亦真亦假，亦虛亦實，意猶未盡，回味無窮。

📖 拓展

張旭是唐代著名書法家，與賀知章、張若虛、包融並稱「吳中四士」，又與賀知章等人並稱「飲中八仙」。唐文宗曾釋出詔書，御封李白的詩歌、張旭的______與裴旻的劍舞為「三絕」。身為中國書法史上一位繼往開來的大書法家，張旭將筆法傳授給了顏真卿、吳道子、崔邈、懷素、高閑等人。

A. 楷書　B. 行書　C. 隸書　D. 草書

十九

採桑子・輕舟短棹西湖好

［北宋］歐陽修

輕舟短棹[①]西湖[②]好，綠水逶迤[③]，芳草長堤，隱隱笙歌[④]處處隨。

無風水面琉璃[⑤]滑，不覺船移，微動漣漪[⑥]，驚起沙禽[⑦]掠岸飛。

注釋

①輕舟短棹（ㄓㄠˋ）：輕便的小船和小槳。②西湖：指潁州西湖，在今安徽省阜陽市西北部。③逶（ㄨㄟ）迤（ㄧˊ）：彎曲迴旋的樣子。④笙（ㄕㄥ）歌：泛指奏樂唱歌。⑤琉璃：一種光滑細膩的釉料，此處形容水面平靜澄碧。⑥漣（ㄌㄧㄢˊ）漪（ㄧ）：水面上細微的波紋。⑦沙禽：沙洲或沙灘上的水鳥。

譯文

划著小船欣賞西湖風光，碧綠的湖水迴旋曲折，長堤上芳草香，隱隱傳來的樂曲聲在湖上飄蕩。

無風水面光滑得像琉璃，感覺不出小船在前進，水波微微蕩漾著，被驚起的水鳥掠過湖岸飛翔。

📖 賞析

歐陽修在潁州做官時曾與梅堯臣相約，買田於潁州，以便日後退居。潁州西湖與杭州西湖、惠州西湖和揚州瘦西湖並稱中國四大西湖。西元一〇六七年，歐陽修出知亳州，特意繞道潁州（位於今安徽省阜陽市潁州區），飽覽潁州西湖美景。這首詞寫的是春色中的潁州西湖，風景與心情，動態與靜態，視覺與聽覺，兩兩對應而結合，色調清麗，風格秀麗，描繪了潁州西湖景色是那樣引人入勝，表達了詩人對西湖美景的喜愛與讚美之情。

上闋以輕鬆淡雅的筆調描寫泛舟潁州西湖時所見。這裡綠水蜿蜒曲折，長堤芳草青青，春風中隱隱傳來柔和的笙歌聲，令人心曠神怡、如醉如痴。第一句總攝全篇，點明題意，以「輕舟」作為觀察風景的基點，以「好」字直抒對西湖的讚美之情。「綠水」、「芳草」、「笙歌」處處顯示出清新明麗的春景特點。「隱隱笙歌處處隨」一句完整地補充了畫面的動感，又從聽覺的角度將歡快愉悅的心情刻劃出來。

下闋用動靜結合的手法描寫西湖的平靜和幽靜，更加突顯西湖春色的多姿多采。「無風水面」是平靜的、清澈的，「不覺船移」是這種平靜所帶來的感官感受，詩人看到船槳輕划，水上形成細小的波紋時，方感船身在移動。而「輕舟」帶來的小小「漣漪」，就足以驚起「沙禽掠岸飛」了，這又是以動襯靜，手法更妙。這樣美不勝收、清新亮麗、寧靜致遠、幽清安逸的西湖怎能不令人流連忘返呢？

📖 拓展

歐陽修居官於潁、致仕於潁、終老於潁，一生留下大量思念潁州、讚美潁州的詩文。他在______一詩云：「菡萏香清畫舸浮，使君寧復憶揚州。都將二十四橋月，換得西湖十頃秋。」從歐陽修的詩文中，可以讀到濃郁熱烈、感人至深的潁州情結。

A.《訴衷情．眉意》　B.《西湖戲作示同遊者》　C.《蝶戀花．庭院深深深幾許》　D.《答呂公著見贈》

春分

破陣子．春景

［北宋］晏殊

燕子來時新社[①]，梨花落後清明。池上碧苔[②]三四點，葉底黃鸝一兩聲。日長飛絮[③]輕。

巧笑[④]東鄰女伴，採桑徑裡逢迎[⑤]。疑怪[⑥]昨宵春夢好，元是今朝鬥草[⑦]贏。笑從雙臉生。

📖 注釋

①新社：即春社，時間在立春後、清明前，古無定日，自宋代起定在立春後第五個戊日，約在春分前後。②碧苔：碧綠色的隱花植物。③飛絮：飄蕩著的柳絮。④巧笑：形容少女美好的笑容。⑤逢迎：相逢。⑥疑怪：難怪，心中的懷疑得到解答。⑦鬥草：又稱「鬥百草」，是古代民間流行的一種遊戲。

📖 譯文

燕子飛回時已是春社日，梨花落後又迎來清明。幾片青苔在池上點綴，樹葉下黃鸝鳴叫幾聲。白天越來越長，柳絮輕舞飛揚。

採桑路上遇到東鄰女伴，她露出興高采烈的神情。難怪昨晚做了個美夢，原來是今天鬥草會贏。不由得臉頰上露出燦爛的笑容。

📖 賞析

從春社到清明這段春光，氣候溫和、雨水充沛、陽光明媚、陰陽平衡、晝夜均等，大地充滿綠色，一片生機勃勃。此詞透過描寫春社前後的一個生活片段，反映出少女身上特有的青春活力，詞中洋溢著歡樂的氣氛。

上闋寫景。前兩句既點明季節，又寫出了季節與景物兩者之間的關係。春分共有三候，一候「玄鳥至」；二候「雷發聲」；三候「電始鳴」。春社將近，新燕歸來，清明節前，梨花紛飛，這是一年春光最堪留戀的時節。「池上碧苔三四點，葉底黃鸝一兩聲，日長飛絮輕」描繪出一個春意盎然的園子，行文輕快流暢，蘊含喜悅之情。「燕子」、「梨花」、「碧苔」、「黃鵬」、「飛絮」，看來似乎是極其常見的自然景物，經詞人稍加渲染，突顯出眾多秀美明麗的意象，足見春色嬌人之態。

下闋寫人。「東鄰女伴」趁著大好春光，一同飽賞這美麗的春色，彼此相逢在小路上，興高采烈、歡歡喜喜。一個「巧」字將女伴乖巧可人、天真活潑、清純秀麗的形象躍然紙上。少女是構成和諧畫面的神韻所在，使得下闋充滿青春的戲樂之情。「鬥草」這種遊戲原為五月初五的習俗，宋朝時期將「鬥草」的習俗移植到春社活動中，詞人寫少女將「鬥草」遊戲的勝利歸屬於「昨宵春夢好」，顯得質樸天真，還保留著些許童趣。詞人以輕鬆歡快的筆調寫出只有純情少女才會笑得這般自然樸實，笑得這般朝氣活潑。這種興高采烈、歡歡喜喜、青春燦爛，與上闋生機盎然的春光形成和諧的畫面美和情韻美。

📖 拓展

社神源於對土地的崇拜，土地是人類居住生活的場所，是人類獲取生存數據所需的最重要的源地。「社」字從示、從土，「土」是土地，「示」表示祭祀，早先的土地神祇是神靈，後來逐漸人格化，就叫「社會」，有時土地神與穀神合祀，這就是「______」。

A. 社稷　B. 社土　C. 社谷　D. 社日

廿一

遊山西村

［南宋］陸游

莫笑農家臘酒[1]渾，豐年留客足雞豚[2]。

山重水複[3]疑無路，柳暗花明[4]又一村。

簫鼓[5]追隨春社[6]近，衣冠簡樸古風存。

從今若許[7]閒乘月[8]，拄杖無時[9]夜叩門。

注釋

①臘酒：臘月裡釀造的酒。②足雞豚（ㄊㄨㄣˊ）：雞肉豬肉足夠豐盛，此處指準備了豐盛的菜餚。③山重水復：山巒重疊，水流盤曲，形容地形複雜。④柳暗花明：綠柳成蔭，鮮花怒放，形容春天繁花似錦的美景。⑤簫鼓：吹簫打鼓，泛指奏樂。⑥春社：古時祭祀土神，以祈豐收，時間在立春後、清明前。⑦若許：如果這樣。⑧閒乘月：趁著月明來閒遊。⑨無時：隨時。

📖 譯文

不要取笑農家臘月裡釀的酒混濁，豐收年景有足夠豐盛的菜餚來款待客人。

山巒重疊水流曲折正憂無路可走，綠柳成蔭鮮花怒放眼前又出現一個山村。

吹簫打鼓說明春社的日子已近了，村民們穿衣戴帽簡樸仍然保留古代遺風。

今後如果有空趁著月色外出閒遊，夜裡我一定拄著柺杖隨時來敲你的家門。

📖 賞析

這是一首紀遊詩，是陸游的名篇之一。詩人緊扣詩題「遊」字，但又不具體描寫遊村的過程，而是擷取遊村的見聞，描寫江南農村的日常生活，又展現出詩人遊興不盡之意。

首聯渲染豐收之年的農村景象。酒渾而情深，樸實的民風和盛情的款待，渲染出農家特有的歡樂祥和氣氛，不免有孟浩然「故人具雞黍，邀我至田家」一樣的情景。

頷聯「山重水複疑無路，柳暗花明又一村」是膾炙人口的名句。不但對仗工整，而且富有哲理。詩人來遊的路上正值迷惘之際，突然看見前面花明柳暗，幾間農家茅舍隱現於花木扶疏之間，令人頓覺豁然開朗，在意境的開拓上，構成一幅優美動人而又奇妙無比的畫面。詩人告訴人們一個道理，生活總會有柳暗花明，也總會有峰迴路轉，有些事情不是看到希望才去堅持，而是堅持了才會看到希望。

頸聯由寫景轉入抒情，即從村外之景轉寫村內之情。村子裡的「簫鼓」聲表露將迎來「社日」，鄉民們正要向土地神祭祀，與首聯的「豐年」遙相呼應。以「衣冠簡樸古風存」讚美鄉土風俗，也從側面顯示出詩人對百姓之愛、對山村之情。

尾聯是詩人漫遊山西村時心情的總體表述。詩人欣賞美景、體驗民風、飲酒吃肉、相談甚歡已經一天了，此時明月高懸，這一切都給詩人留下美好而難忘的印象。故以「若許閒乘月」、「無時夜叩門」來結尾，留出未來時間視窗，餘韻不盡。

📖 拓展

陸游在鎮江府任通判時，結識了西漢留侯張良之後張浚，獻策出師北伐。西元一一六五年，有人進言「陸游結交諫官、鼓唱是非，力說張浚用兵」。朝廷隨即罷免了陸游的官職。陸游回到家鄉______——今閒居四年，此詩為此時所作。

A. 浙江湖州　B. 浙江嘉興　C. 浙江臺州　D. 浙江紹興

廿二

蜀相

［唐］杜甫

丞相祠堂何處尋？錦官城[1]外柏森森。

映階碧草自春色[2]，隔葉黃鸝空好音[3]。

三顧頻煩[4]天下計，兩朝開濟[5]老臣心。

出師未捷[6]身先死，長使[7]英雄淚滿襟。

📖 注釋

①錦官城：指成都，故址在成都南。②自春色：指空為春色。③空好音：指空有好聽的鳥鳴聲。④三顧頻煩：指劉備多次前往茅廬。⑤兩朝開濟：指開創和輔佐劉備、劉禪父子兩朝。⑥未捷：沒有取得勝利。⑦長使：同「常使」。

📖 譯文

武侯諸葛亮的祠堂去哪裡找？在成都城外柏樹茂密的地方。

臺階草色碧綠空有好的春色，黃鸝在葉底間徒有美妙歌聲。

先主三顧茅廬謀劃天下大計，輔佐兩朝嘔心瀝血耿耿忠心。

可惜出師征戰未果病死軍中，常使歷代英雄感慨淚溼衣襟。

🕮 賞析

西元七六〇年春，初至成都的杜甫遊覽武侯祠，稱頌諸葛丞相輔佐蜀漢兩朝功績，惋惜他出師未捷而身死，既有詩人以蜀漢為正統的觀念，又有困於時艱的感慨。

前四句寫詩人憑弔「丞相祠堂」，從景物描寫中感懷現實，透露出詩人憂國憂民之心。首句「何處尋」以自問自答的方式寫祠堂所在的位置。下句「柏森森」指出這裡柏樹成蔭、高大茂密，呈現出一派靜謐肅穆的氣氛，也顯示出時光荏苒，時隔五百餘年，柏樹已經參天蔽日。

頷聯將人的視線從「丞相祠堂」外部移入內部。「映階碧草自春色，隔葉黃鸝空好音」所描繪的景物，色彩豔麗、恬淡自然，但春色是「自春色」，好音是「空好音」，兩個字的奇妙運用，使這一聯的意義更加豐富，刻劃出一種靜態和靜境，增添了詩人寂寞之心難言、荒涼之境無限的內心感受。

後四句展現出詩人在歷史的追憶中緬懷先賢。以「三顧頻煩」和「兩朝開濟」高度概括了諸葛亮出山之後，輔佐劉備開創蜀漢，輔助劉禪穩定形勢，頌揚他為國嘔心瀝血、耿耿忠心的豐功偉業和濟世雄才。「老臣心」指諸葛亮盡忠蜀國、不遺餘力、死而後已的精神，此三字顯得特別厚重，使諸葛亮的形象高大而豐滿起來。「出師未捷身先死」詠嘆諸葛亮病死軍中、功業未成的不幸。諸葛亮為了伐魏，曾經六出祁山，西元二三四年，在五丈原與司馬懿隔著渭水相持了一百多天，八月病死在軍中。「英雄」泛指包括詩人自己在內的有志之士，能讓「英雄淚滿襟」，既使這位傑出政治家的精神境界得到進一步的昇華，又蘊含著詩人對祖國命運的無限期盼與憧憬。

📖 拓展

此時，杜甫由今______漂泊到成都，耕讀於浣花溪畔。成都西北有武侯祠，詩人尋幽憑弔，寫下這首七律《蜀相》，抒發其對諸葛亮這位偉大政治家才智和品德的崇敬，以及對丞相功業未遂的感慨，在歷代詠贊諸葛亮的詩篇中，堪稱絕唱。

A. 陝西　B. 寧夏　C. 甘肅　D. 湖北

廿三

使至塞上

［唐］王維

單車①欲問邊②，屬國③過居延④。

徵蓬⑤出漢塞，歸雁入胡天⑥。

大漠⑦孤煙⑧直，長河⑨落日圓。

蕭關⑩逢候騎，都護在燕然。

注釋

①單車：一輛車，形容輕車簡從。②問邊：慰問邊疆將士。③屬國：「典屬國」的簡寫，是漢時從事外事工作的官職名，此處指自己使者的身分。④居延：西北地區的軍事重鎮，位於今內蒙古自治區額濟納旗東南和甘肅省酒泉市境內。泛指遼遠的邊塞地區。⑤徵蓬：隨風遠飛的枯蓬，此處為詩人自喻。⑥胡天：胡人的領地。⑦大漠：無邊的沙漠。⑧孤煙：指烽煙。古代邊防報警時多燃狼糞，產生的煙稱烽煙。⑨長河：黃河或某條內陸河。⑩蕭關：故址在今寧夏固原東南，為自關中通向塞外的交通要沖。候（ㄏㄡˋ）騎（ㄑㄧˊ）：負責偵察巡邏任務的騎兵。都護：唐朝在西北邊疆置都護府，其長官稱都護。燕然：古山名，代指前線。

譯文

輕車簡從慰問邊關將士，身為使臣走過西北居延。

蓬草遠去飄出漢時要塞，大雁回歸飛入北國天空。

浩瀚大漠一縷孤煙直上，黃河遠去襯托落日渾圓。

到蕭關時遇到偵察騎兵，告訴我長官在燕然前線。

賞析

這是詩人奉命赴邊疆慰問將士途中所作的一首紀行詩。「單車欲問邊，屬國過居延」一句簡潔明瞭，說明詩人輕車前往，所往之處是遠在西北的邊塞。「徵蓬出漢塞，歸雁入胡天」一句是詩人以「蓬」、「雁」自比，說自己像隨風而去的蓬草，又像北飛的大雁進入「胡天」。接下來詩人並沒有實寫自己的具體任務，轉而將讀者帶入一個絕美的畫面。「大漠孤煙直，長河落日圓」是千古絕句，詩人只用十個字便抓住了大漠中的典型景物，邊塞是荒涼的，這裡只有大漠、狼煙、河水、落日，這四種景物經過詩人的妙筆，描繪出一幅色調溫暖而又感覺蒼茫的畫面。此處的「直」和「圓」非常貼切地刻劃了塞外大漠的景觀，同時也展示了詩人的心境。最後兩句寫詩人到達邊塞時卻沒有遇到將官，偵察兵告訴使臣，都護正在前線，唐朝時期關中西北方向的威脅主要是突厥、吐蕃，蕭關為關中抗擊西北游牧民族進犯的前哨，而此時都護長官身先士卒，用班固封燕然山的事蹟代表在更遠的前線，暗含對邊關將士的稱讚。

全詩尤其以「大漠孤煙直，長河落日圓」這兩句最為奇特壯麗、畫面開闊、意境雄渾，被後人讚為「千古壯觀」。同時，這次出使塞外的經歷，很可能為後來詩人看淡仕途最終歸隱修禪埋下了伏筆。

🕮 拓展

西元七三六年，吐蕃發兵攻打唐屬國小勃律（在今克什米爾西北部），西元七三七年，河西節度使崔希逸在今青海湖突襲吐蕃軍大勝，這年春天，唐玄宗命右拾遺王維赴______河西節度使，為監察御史兼節度判官。《使至塞上》是王維在奉命赴邊疆慰問將士途中所作的一首紀行詩，記述出使塞上的旅程以及旅程中所見到的塞外風光。

A. 涼州　B. 隴南　C. 平涼　D. 張掖

廿四

浪淘沙・把酒祝東風

［北宋］歐陽修

把酒[①]祝東風，且共從容[②]。垂楊紫陌[③]洛城東。總是當時攜手處，遊遍芳叢。

聚散苦匆匆，此恨無窮。今年花勝去年紅。可惜明年花更好，知與誰同？

注釋

①把酒：端著酒杯。②從容：留戀，不捨。③紫陌：指京師郊野的道路。

譯文

舉杯向春風敬酒，希望可以停留不要離去。洛陽東郊的道路已是柳枝滿垂。多是我們當時攜手同遊的地方，遊遍了姹紫嫣紅的花叢。

聚散總是太匆匆，離別的苦恨縈繞在心頭。今年的花兒比去年的愈加嬌豔。明年的花兒肯定更加美好，可惜不知將會和誰一起欣賞？

🕮 賞析

該詞為歐陽修與友人在洛陽城東舊地同遊有感而作。歐陽修借春光易逝抒發人生感慨，人們總是聚散無常，今天與你共同遊玩的人，明年這個時候是否還在呢？

上闋透過描寫舊地重遊表現出詞人對朋友情感深厚。「把酒祝東風」這一句的字面意思是詞人向東風祈禱，希望它不要匆匆離去，能留下來和他們一發揮欣賞大好春光。但細細想來，詞人不捨的其實並不是「東風」，而是和友人相聚的時光。「洛城東」指出遊覽的地點，洛陽曾是東周、東漢的都城，據說當時曾用紫色土鋪路，故名「紫陌」。此時，洛陽郊外的道路兩旁已是綠柳茵茵，宜人的天氣讓詞人由眼前美景回想起當時同遊之樂，眼前這片奼紫嫣紅的花叢是其「當時攜手處」。

下闋感慨歡聚和離散總是這樣匆匆，把別情融入賞花之中，表露詞人對人生聚散的無盡傷感。人們都喜歡享受美好時光，不願和美好的人物、事物分離，好友相逢，不能久聚，一「苦」一「恨」寫盡惜別之情。所幸「今年花勝去年紅」，悲傷之餘還有足以使人慰藉的東西，但轉念一想，「可惜明年花更好，知與誰同？」今年的花兒比去年開得更加繁盛，明年的花兒也會比今年的還要鮮豔，當然希望同友人盡情觀賞，然而聚會卻這麼不容易，怎能不使人痛惜呢？

對往日時光的回憶中，流露出歐陽修真摯的友情，在對三年賞花回憶的層層推進中，表現出詞人感時惜別的心情。詞中同遊之人約為梅堯臣。歐陽修在洛陽做官時，結識了梅堯臣，他們一發揮飲酒賞花，快意詩詞，但不久梅堯臣便離開洛陽。第二年春，梅堯臣回到洛陽，兩位好友又度過了一段歡聚時光。然而人生在世，快樂與悲傷總是並存的，梅堯臣又要離開了，於是歐陽修揮毫寫下這首詞。看來，世間的美景要有知己同賞才有意義，對於孤獨的人來說，美景只會讓人更傷心。

🕮 拓展

《浪淘沙．把酒祝東風》首先寫道：「把酒祝東風，且共從容。」這兩句源於唐代詩人______中的「黃昏把酒祝東風，且從容」。然而，歐陽修在詞中增加了一個「共」字，「共從容」，對於東風而言，有留住光景以便遊賞之意；對於人而言，有人們慢慢遊賞盡興方歸之意。

A. 司空圖《酒泉子》　B. 李白《昭君怨》　C. 張志和《漁歌子》　D. 韋莊《菩薩蠻》

廿五

戲答元珍①

［北宋］歐陽修

春風疑不到天涯，二月山城②未見花。

殘雪壓枝猶有橘，凍雷③驚筍欲抽芽。

夜聞歸雁生鄉思，病入新年感物華④。

曾是洛陽花下客，野芳雖晚不須嗟⑤。

注釋

①元珍：丁寶臣，字元珍，小歐陽修三歲，去世後歐陽修為他撰寫墓表、祭文，王安石為他撰寫墓誌銘。②山城：此處指夷陵縣，今湖北省宜昌市夷陵區。③凍雷：指春天的雷。④物華：自然景物，美好的景物。⑤嗟（ㄐㄧㄝ）：嘆息。

譯文

我懷疑春風吹不到這邊偏遠之地，仲春二月時山城裡還看不見鮮花。

未化的雪壓在還有橘子的樹梢上，春雷陣陣似乎催促竹筍趕快抽芽。

夜晚聽到回歸雁群啼鳴引起相思，帶病進入新年感嘆自然景物變化。

我曾經也是見識洛陽名花的過客，山野的春色雖晚也不必為之嘆息。

📖 賞析

本詩寫於歐陽修降職為峽州夷陵縣令任上。元珍時任峽州軍事判官，曾寫《花時久雨》一詩贈歐陽修，歐陽修為《花時久雨》作答。

首聯簡潔質樸但頗有寓意，寫出了夷陵山城的遍地荒涼。此地環境惡劣，仲春二月其他地方早就花開滿眼、香氣逼人了，而在「山城」卻完全感知不到春的蹤影。詩人表面上寫自然環境的寒冷，但實際上暗喻政治環境的惡劣，言外之意是一直盼不到朝廷的關懷和恩澤。

頷聯繼續描寫此處見到的早春景色。掛著橘子的枝杈上還有去年冬天的積雪。春雷驚醒熟睡的竹筍，它亦積蓄著力量，正要突破嚴厲的壓制，冒出新生嫩芽。這是「山城」最典型的早春景色，既寫出「山城」荒涼之景，也寫出在「殘雪」纍纍、寒雷聲聲中孕育著生機一片。

頸聯是睹物思情。詩人被貶謫「山城」後，心情苦悶、夜不能寐，夜晚聽到陣陣歸雁的鳴叫，勾發揮了自己無盡的「鄉思」。現實情況是自己拖著多病之身，又進入了一個新的年頭，進而感慨自己也在時光變遷、萬物更迭中慢慢老去。

世事難料，縱有三千煩惱，不如拈花一笑。尾聯則表達的是今日山城野花雖晚，但詩人全不在意。看似如此，實際上卻充溢著一種無奈和淒涼。「洛陽花下客」中，洛陽城以花著稱，北宋時花園繁盛，有「天下名園重洛陽」的說法。歐陽修早年曾在洛陽任留守推官，還將洛陽牡丹的栽培歷史、種植技術、品種花期以及賞花習俗等做了詳盡的考察，撰寫了《洛陽牡丹記》一書。

拓展

嘉祐二年（西元一〇五七年），蘇軾首次出川赴京，參加朝廷的科舉考試。當時的主考官是文壇領袖歐陽修，蘇軾的策論受到主考官歐陽修的賞識，並舉薦入仕。而在天聖八年（西元一〇三〇年），歐陽修參加殿試時的主考官是______，在其去世後，歐陽修為其作碑文，稱讚其「自五代以來，天下學廢，興自公始」。

A. 晏殊　B. 梅堯臣　C. 寇準　D. 張載

廿六

行香子・樹繞村莊

［北宋］秦觀

樹繞村莊，水滿陂塘[①]。倚東風、豪興徜徉[②]。小園幾許，收盡春光。有桃花紅，李花白，菜花黃。

遠遠圍牆，隱隱茅堂[③]。颺[④]青旗[⑤]、流水橋旁。偶然乘興[⑥]，步過東岡。正鶯兒啼，燕兒舞，蝶兒忙。

注釋

①陂（ㄆㄧ ˊ）塘：池塘。「陂」指水澤大池，「塘」指人工修築的小水池。②徜（ㄔㄤ ˊ）徉（ㄧㄤ ˊ）：安閒自在地行走。③茅堂：草蓋的屋舍。④颺（ㄧㄤ ˊ）：飛揚，飄揚。⑤青旗：酒旗，酒店門口掛的青色酒幌。⑥乘興：趁著一時高興。

譯文

看見綠樹圍繞村莊、春水溢滿了池塘。隨著和煦春風，豪興大發自在閒逛。小園雖然很小，卻是滿眼春光。有紅色桃花、白色李花、黃色菜花。

望見遠處圍牆一帶，隱約有幾間屋舍。青色酒旗飛揚，酒家在溪水小橋旁。偶然一時高興，走過東面山岡。有鶯兒啼鳴、燕兒飛舞、蝶兒忙碌。

📖 賞析

這首詞以白描的手法，勾勒出一幅春光明媚、生動清新、生機勃勃、色彩斑斕的田園風光圖，字裡行間充滿盎然的春興，流露出詞人愉快的心境。上下闋結尾處都有由一個字帶領的三個三字排偶，格調明快、舒暢和諧，形成一幅有聲、有色、有形的鄉村生活畫卷。

上闋側重於靜態風景描寫，視角是小園和各種色彩繽紛的春花。「樹繞村莊，水滿陂塘」將大塊的綠色鋪襯為村莊底色，「繞」與「滿」靜中有動，可見春意之濃烈和喧鬧。「倚東風、豪興徜徉」描寫了詞人怡然自得的心情，「小園」很小，卻很精緻，能集中展示出大自然的優美，足見詞人對「春光」的喜愛之情。「有桃花紅」三句，不事雕琢，寥寥幾筆，色彩鮮明、暗含香氣，突出春日絢麗的色彩和熱鬧的氣氛。

下闋由近及遠，側重於描繪動態景象。「遠遠圍牆」四句表示詞人的視野由近及遠，用「圍牆」、「茅堂」、「青旗」、「流水」、「橋旁」等描寫農家田園特有的景觀，酒旗和流水增添了田園生活的雅興，看似不事雕琢，卻產生風景如畫的意境美。「偶然乘興，步過東岡。」詞人趁著大好春光，閒庭信步，視野再次延展到更遠，出「小園」，過「東崗」，層層遞進，視野更加開闊，春光更加無限。「鶯兒啼，燕兒舞，蝶兒忙」一筆勾勒出鶯歌燕舞、蝶影翻飛的迷人春色。「啼」、「舞」、「忙」三字與上闋的

「紅」、「白」、「黃」三字遙相呼應、互相映襯，將春日特有的萬物競發場景表現得淋漓盡致。

📖 拓展

豪放派與婉約派並為宋詞兩大詞派。「豪放」、「婉約」之說最早見於明詩文家張綖（ㄧㄢˊ）所著的______，其中有「詞體大略有二：一體婉約，一體豪放。婉約者欲其辭情醞藉，豪放者欲其氣象恢弘。蓋亦存乎其人，如秦少游（秦觀）之作多是婉約，蘇子瞻（蘇軾）之作多是豪放。大抵詞體以婉約為正」。

A.《欽定詞譜》　B.《少遊詩餘》　C.《詩餘圖譜》　D.《南湖詩集》

廿七

遊園不值①

［南宋］葉紹翁

應憐②屐齒③印蒼苔，小扣④柴扉⑤久不開。

春色滿園關不住，一枝紅杏出牆來。

📖 注釋

①不值：沒得到機會，沒有遇見。②應憐：大概憐惜。③屐（ㄐㄧ）齒：木鞋底下突出的部分。④小扣：輕輕地敲。⑤柴

扉（ㄈㄟ）：用木柴、樹枝編成的門。

譯文

我輕敲柴門很久也沒人來開，大概是主人心疼木底鞋會踩壞青苔。

滿園的春色終究是關不住的，有一枝紅色的杏花已伸出牆頭來了。

賞析

江南二月，正值雲淡風輕、陽光明媚的時節。詩人把春日遊園觀花的所見所感寫得饒有興致，十分形象而又富有哲理。

前兩句「應憐屐齒印蒼苔，小扣柴扉久不開」從內容上看，應該倒過來，即「小扣柴扉久不開，應憐屐齒印蒼苔」。如果這樣，詩人表示的意思就是，乘興來到一座花園的門前，想看看園裡的花草樹木，輕敲了園門很長時間，也不見有人來開門，於是他猜測不開門的原因大概是園子主人擔心遊人的木屐鞋底會踩壞他園中的青苔吧，表現出詩人幽默風趣、開朗豁達的性格。從詩意上看，「蒼臺」顯示出園中幽僻，「小扣柴扉」無人答應，突顯此處冷清，「久不開」看似無意之筆，實則寫出詩人遊園的急切心情和離去時的心有不甘。前兩句的清幽、冷寂為後兩句的繁華、喜悅做了鋪墊。

後兩句寫詩人雖然未能入園，但已飽賞春光的意外之喜。

詩人用一個特寫鏡頭捕捉到盎然的春意，構思新穎別緻，韻味雋永含蓄。既然小園「久不開」，詩人在花園外面尋思著、徘徊著，很是掃興。在他無可奈何正準備離去的時候，抬頭忽見牆上一枝盛開的杏花探出頭來，頓時感到意外的喜悅。杏花是唐詩中的寵兒，詩人對杏花也特別敏感，著眼點雖小，境界卻宏大。詩中的「春色」和「紅杏」都被擬人化，象徵一切新生的、美好的事物，「園」和「牆」是對美好事物的封鎖和禁錮。

「春色」的一個「關」字和「紅杏」的一個「出」字之間富有哲理。詩人認為春天大自然的景色是關不住的，「一枝紅杏」衝破圍牆逸出園外，顯示出一種蓬勃的生命力，它是展示春天的先鋒，它是代表春天的使者，給人一種脫穎而出的昂揚精神。

🕮 拓展

南宋時期一些地主和名人雅士大都興建園林、修建池臺、栽種花木。但______和後世的公園不同，這是私園，只供私人享樂，不是主人的親朋好友是不能入內的。當時陸游與唐婉的不期而遇就是在______，那是南宋時一位富商的私家花園。

A. 蘇園　B. 柳園　C. 沈園　D. 梅園

廿八

尋胡隱君

［明］高啟

渡水[1]復[2]渡水，看花還看花。

春風江上路，不覺到君家。

注釋

①渡水：穿越水域。②復：重複，再。

譯文

路上度過了一道又一道溪水，河邊長滿看也看不盡的鮮花。

迎著和煦春風欣賞江上美景，我不知不覺就來到您的家了。

賞析

古代稱不做官而隱居在山林裡的人為隱士，詩中描寫詩人去訪問一位姓胡的隱士，一路上見到美麗迷人的景色，有流水、鮮花、春風、小路，讓人目不暇接、心曠神怡。

春天的江南草長鶯飛，到處都是一片生機勃勃的景象，實在是美不勝收！從「渡水復渡水」可知詩人到胡隱君家的路途不近，沿著江水蜿蜒前行，路上風光非常幽美。「復」字和「還」字把景色寫靈動了，既寫出了速度，也寫出了程序的反覆和變化的程度，給人應接不暇的感覺。水也好，花也罷，不厭其多，總也看不夠，寥寥幾筆，就表現出路上的春色令人眼花撩亂、目不暇接的盛狀。

第三句展現了一條路，即沿江的路。「春風江上路」讓人想發揮杜牧的「二月春風江上來」、崔峒的「春風江上使」等，其顯著特點是就眼前景色取喻，江上春風曲折生姿，波瀾起伏，自成一景。如果江是彎彎曲曲的，無論陸路還是行舟也是會沿江曲折的，並不能直行，春風拂面，曲徑通幽，看著兩岸春色，不必為行程發愁，詩人心情自然輕快悠閒，詩興大發。妙在「不覺到君家」這一句，它不僅是因為看花看水，不知不覺來到胡家，一點兒也不感覺路遠之意，還意味著詩人興趣盎然，到了胡隱士的家後才回過神來，「不覺」兩字寫得特別輕鬆，有出神入化的詩意，讀後讓人回味無窮。

高啟的詩揮灑自如、爽朗清逸，隨物而寫、隨情而發，多為寫實之詞，而且詞語親切通暢，具有民歌風味。詩中描寫了隱者居所有桃花源般的景色，表達了自己深入大自然的愉悅心情。全詩詞語重複卻又簡潔明快，看似淺顯卻又洋溢瀟灑，不事思索中繪就出一幅江南春景圖。

📖 拓展

高啟是元末明初詩人，其思想以儒家為本，兼受釋、道影響，元朝末年厭倦朝政，不羨功名利祿，曾隱居吳淞江畔的青丘，自號「青丘子」。明朝初年，其才學受到朱元璋賞識，受詔入朝修，授翰林院編修________。高啟在詩中曾有「不肯折腰為五斗米」的句子，表示對做官毫無興趣，但朱元璋懷疑高啟寫詩諷刺自己，對他產生忌恨，後受人誣告，被處以腰斬之刑。

A.《宋史》　B.《遼史》　C.《元史》　D.《南宋史》

廿九

村居

［清］高鼎

草長鶯飛二月天，拂堤楊柳醉春煙①。

兒童散學歸來早，忙趁東風②放紙鳶③。

注釋

①春煙：春天水澤、草木等蒸發出來的霧氣。②東風：春風。③紙鳶：風箏。以細竹為骨，紮成鳥形，以紙或薄絹裱糊其上，斜綴以線，可以引線乘風而上。

譯文

二月春草萌發黃鶯飛舞，柳枝輕拂堤岸似陶醉在霧氣裡。

村子裡的孩子們放學後，急忙趁著春風放飛紙做的風箏。

🕮 賞析

這是一首描繪春天風光的小詩，所謂「村居」，就是住在農村，詩人在村中居住，欣賞春色美景，觀察兒童散學，因此，可能是詩人在鄉間教書時即興所寫。全詩描寫春季農村兒童放學後在田野放風箏的情景，落筆明朗，用詞簡練，洋溢著歡快的情緒。

江南二月正是一年中最美麗的季節，大地綠草叢生，田野山間一片欣欣向榮的景象。詩的前兩句，描繪了一幅精緻優美的春景圖。首句引用南朝時期著名文人丘遲的「暮春三月，江南草長，雜花生樹，群鶯亂飛」之句，將其中的「三月」改為「二月」，以輕鬆的筆調描寫仲春江南草木已生長起來、各種花朵競相開放、一群黃鶯振翅翻飛的景象。「拂堤楊柳」是「楊柳拂堤」的倒裝，楊柳修長，柔美的枝條低低垂下，伴隨著微風輕輕搖曳，已經掠到堤岸了。句中的「醉」字用法巧妙，可見楊柳的婀娜多姿和纖柔狀態，也不妨看作詩人自身對這濃郁春意的心理感受。

詩的後兩句，由景而及人，饒有情致地寫了一群兒童放風箏的場面。「散學歸來」時是午後時分，此時春光正好，風姿輕盈，在一個生機蓬勃的春日裡，「兒童」是不會辜負這大好春光的，他們急忙跑回家裡，甩掉書包，相約於田野，趁著東風正吹，將「紙鳶」放上藍天。(「鳶」是老鷹，「紙鳶」即一種紙做的形狀像老鷹的風箏，這裡泛指風箏)。放學後兒童們的一「歸」一「放」，與前兩句的一「飛」一「拂」相呼應，讓全詩熱鬧靈動、氣氛歡快，讓人與自然完美和諧地統一在一起。

📖 拓展

紙鳶即風箏，其起源可上溯到春秋戰國時期，當時出於戰爭的需求，以鳥為形，以木為料，製成可在空中飛行的「木鳶」。據《韓非子·外儲說左》記載：「______為木鳶，三年而成，蜚一日而敗。」 從隋唐開始，由於造紙業發達起來，民間開始用紙來裱糊風箏。

A. 魯班　B. 韓非子　C. 荀子　D. 墨子

三十

長相思·山一程

［清］納蘭性德

山一程①，水一程，身向榆關那畔②行，夜深千帳燈③。

風一更④，雪一更，聒碎⑤鄉心夢不成，故園⑥無此聲。

📖 注釋

①程：道路，路程。②那畔：那邊，指關外。③千帳燈：指住宿行帳的燈火之多。④更：舊時一夜分為五更，一更是兩

個小時。⑤聒（ㄍㄨㄚ）碎：聲音嘈雜，此處指嘈雜的風雪聲。⑥故園：家鄉，此處指京師。

譯文

翻過一座山，又度過一道水，走過一程又一程，一路向關外出行，夜裡無數個帳篷裡燃起燈火。

颳了一更風，又下了一更雪，聽了一夜風雪聲，因思鄉而睡不成，想起在京師哪能聽到這種聲。

賞析

上闋描寫詞人這次隨康熙帝出巡旅程的艱難曲折，用「山一程，水一程」表達山長水遠。「身向榆關那畔行」點明行旅行進的方向。詞人在這裡強調「身」向榆關，也暗示出「心」向京師，使讀者想像到詞人那種留戀家園、頻頻回首、步履蹣跚的場景。當時，二十幾歲的納蘭性德，文武雙全、風華正茂，深受康熙皇帝賞識，恰好也是因為這種身分，以及納蘭本身心思慎微，使得他出行過程中思及家人，眷戀故土。「夜深千帳燈」是指夜深時出巡行帳中仍燈火通明，多數人難入夢鄉，點明是因思鄉而失眠，從而轉入下闋鄉情思戀之筆。

「山一程，水一程」與「風一更，雪一更」兩相映照，將這徹夜不停的暴風雪與人睏馬乏時卻無法入睡的情景展露出來。「一更」又「一更」的重疊復沓，讓讀者感受到隨著時間的推移詞人倍感心煩意亂，才導致「聒碎鄉心夢不成」。「聒」字用得最為靈動，《蒼頡篇》中對「聒」的解釋為：「聒，擾亂耳孔也。」突顯了邊關深夜吵擾嘈雜、聲音高響，寫出了風狂雪驟咄咄逼人的氣勢，表現詞人對狂風暴雪極為厭惡的情感。這種聒噪的聲音在「故園」是不會有的，越發加重了人們對故園的深深思念。

詞人用「故園」而未用「京師」，是隱喻這些一次又一次出征或出巡將士們共同的心情，即與詞人一樣，思念家人、眷戀故土。看似無理，反見情痴，越是無理之怨，越顯得感情沉重。

📖 拓展

納蘭性德自幼飽讀詩書、文武兼修，十七歲入國子監，十八歲中舉人，十九歲中貢士。他曾拜徐乾學為師，並主持編纂了一部儒學彙編 ——《通志堂經解》，深受康熙皇帝賞識，多次隨駕出巡。西元一六八二年，隨康熙帝出巡途中，風雪淒迷，二月底出「榆關」，即______，苦寒的天氣引發了詞人對京師家園的思念，於是寫下了這首詞。三年後，納蘭性德抱病飲酒後一病不起，溘然長逝，終年三十一歲。

A. 居庸關　B. 山海關　C. 玉門關　D. 嘉峪關

三月

初一

黃鶴樓送孟浩然之廣陵

［唐］李白

故人[1]西辭黃鶴樓[2]，煙花[3]三月下[4]揚州。

孤帆遠影碧空盡[5]，唯見長江天際流。

注釋

①故人：老朋友，此處指孟浩然。②黃鶴樓：三國時期吳黃武二年（西元二二三年至二二四年）修建的名樓，舊址在今湖北省武漢市長江南岸。③煙花：此處指豔麗的春景。④下：順流向下而行。⑤碧空盡：消失在碧藍的天際。

譯文

老朋友在黃鶴樓與我辭別而去，豔麗三月順水東下去往揚州。

漸漸遠去的船影消失在碧空中，只見浩蕩長江滾滾流向天際。

📖 賞析

一位「天子呼來不上船」的「詩仙」卻對孟浩然心神嚮往，李白認為孟浩然的才華像高山一樣讓人仰望，以至於李白一生中創作了多首詩來表達自己對孟浩然的崇敬之情。

前兩句簡潔明快，寫出主旨、地點、時間及去往何處，以絢麗斑駁的江南春色和巍峨聳立的黃鶴樓為宏大背景，描繪出一幅意境開闊、風流倜儻的詩人送別畫面。「黃鶴樓」位於湖北武漢蛇山上（三國時期稱江夏山，北魏時期稱黃鶴山，宋朝時期稱石城山，元朝時期稱長壽山，明朝時期稱金華山和靈山），是「江南三大名樓」之一。「揚州」古稱廣陵，在「黃鶴樓」東面，長江水自西向東流，故用「西辭」、「下揚州」來恰當地表述行旅方位。揚州本來就是唐朝最繁華的城市之一，以風景秀美著稱，特別是春天花木繁盛、景色豔麗，所以用「煙花」二字來形容孟浩然即將去往的地方，也透露出對孟浩然及其所到之地的羨慕之情。

後兩句寫詩人送走孟浩然後，獨自在黃鶴樓遙望風帆遠去的情景。西元七二六年的一次偶然相遇，滿足飲酒唱和、攜手遨遊的樂趣，如今卻是翹首凝望的傷懷離別，以景見情、含蓄深厚。江面上，一隻載著友人的船，漸行漸遠，詩人還佇立在原地，凝望天邊的長江流水，惆悵之情油然而生，可見他對好友的惜別之情。「天際流」對應「碧空盡」，意境空闊優美，在一片美景之中送別友人，真是別有一番滋味在心頭。常人別離時總有無限的悲痛，而這兩位偉大的詩人在離別時則顯得輕鬆愉快，惆悵中略帶有羨慕和遺憾，惜別時的寂寞被美麗的憧憬所沖散，而且也隱約透露出時代的藝術氣氛。

🕮 拓展

自西元七四四年杜甫在洛陽與李白相遇後，杜甫一生都將李白當作參天大樹一樣來仰望，杜甫送李白的詩非常多，而李白寫給杜甫的詩卻很少。反而李白對孟浩然有一種高山仰止的感覺，不管如何被李白讚美，始終少見孟浩然寫給李白的詩。孟浩然卻對______情有獨鍾，並贈詩云「當路誰相假，知音世所稀」，表達不忍遠別知心朋友的留戀。從中可見當時幾位偉大詩人之間耐人尋味的友情。

A. 王昌齡　B. 王之渙　C. 王維　D. 王翰

初二

聞王昌齡左遷①龍標遙有此寄

［唐］李白

楊花落盡子規②啼，聞道龍標③過五溪④。

我寄愁心與⑤明月，隨風直到夜郎⑥西。

📖 注釋

①左遷：貶官，降職。古代尊右卑左，因此把降職稱為左遷。②子規：即杜鵑鳥。③龍標：指王昌齡，古人常用官職或任官之地的州縣名來稱呼友人。④五溪：尚有爭議，可能指途經今湖南西部、貴州東部五條溪流的合稱。⑤與：給。⑥夜郎：尚有爭議，一說為今貴州、雲南及四川部分地區；一說為隋唐時的夜郎縣，在今貴州遵義市桐梓縣境內；一說在今湖南懷化境內。

📖 譯文

柳絮落盡杜鵑悲啼的時候，聽說你被貶到荒遠偏僻的龍標那裡。

我把我的愁心託付給明月，希望能伴隨你一直走到那夜郎以西。

📖 賞析

王昌齡與李白、高適、王維、孟浩然、王之渙、岑參等詩人友誼深厚，此詩為李白在揚州聽到王昌齡被貶的消息後寫下的情真意切的詩篇，遙寄給貶謫遠方的王昌齡。詩中充滿了對友人不幸遭遇的殷殷關切，表達了彼此之間深厚的友誼。

首句以「楊花」、「子規」起興，點出此時的季節，渲染淒涼哀愁的氣氛。「楊花」隨風飄落，本身飄無定所，「子規」日日啼鳴，叫聲哀怨淒婉，詩人擇取兩種富有地方特徵的事物，描繪出暮春時節特有的景象，從中看出遙寄詩人的離情別緒是此詩主題。下句「聞道」表示聽到友人被貶的消息後極其驚訝，知己無故遭貶，要遠到龍標，更使人驚訝。關於「五溪」所指尚有爭議，一說是武溪、巫溪、酉溪、沅溪、辰溪的總稱，在今湖南省西部，一說是雄溪、樠溪、酉溪、潕溪、辰溪，在今湘、黔、川邊境。總之，詩中用「過五溪」意指遷謫之荒遠、道路之艱難。

後兩句是抒情。明月是純潔、高尚的象徵，以擬人化的手法寫明月，賦予月亮以人的特性。王昌齡身為遠在天涯的淪落人，心情自然鬱悶幽怨，而此時詩人所見的明月，想必去往龍標的王昌齡也能一同望見。本來無知、無情、無聲、無怨的明月，竟化作一個了解自己、富有同情心的使者。詩人把滿腔「愁心」託付給普照大地的明月，希望能隨風逐人一直到夜郎西，為友人送去問候和關懷。由此可見，詩人李白寄給王昌齡的不僅僅是一首短詩，更是一片真摯的友情、一顆赤誠的真心。

📖 拓展

西元七三八年，王昌齡因事獲罪，謫赴嶺南。第二年遇赦北還，西元七四〇年，途中遊襄陽，專程拜訪患有癰疽的友人______，友人由於吃了一些海鮮而癰疽復發，竟抱病而死，因此，王昌齡在離開的路上悲傷不已，但沒有想到在巴陵意外地遇見李白，兩個人一見如故，臨別時，王昌齡寫了一首詩《巴陵送李十二》贈予李白。

A. 高適　B. 王之渙　C. 岑參　D. 孟浩然

初三

寓意

［北宋］晏殊

油壁香車[1]不再逢，峽雲[2]無跡任西東。

梨花院落溶溶月[3]，柳絮池塘淡淡風。

幾日寂寥[4]傷酒[5]後，一番蕭索[6]禁煙[7]中。

魚書[8]欲寄何由達[9]，水遠山長處處同。

注釋

①油壁香車：古代婦人坐的一種裝飾華麗的馬車。②峽雲：指傳說中的巫山神女，代稱情人。③溶溶月：月光似水一般流動。④寂寥：寂靜冷清，空曠高遠。⑤傷酒：飲酒過量導致身體不舒服。⑥蕭索：冷落衰頹的樣子。⑦禁煙：古時在清明前一兩天為寒食節，禁火，吃冷食。⑧魚書：指書信。⑨何由達：即無法寄達。

📖 譯文

再也見不到你坐華麗車子的樣子了，你像雲一樣飄忽不定不知身在何方。

月光似水般照耀在盛開梨花的小院，我們在微風拂面柳絮飛揚的池塘邊。

近日依靠酗酒度過寂靜冷清的時光，寒食節禁煙火更顯得我的境況衰頹。

想寄信告訴你我的心情又無法寄達，流水迢迢高山重重哪裡有你的蹤跡。

📖 賞析

「寓意」即有所寄託之意，但在詩題上又不明白說出，這類詩題多用於寫愛情的詩詞。此外，這首詩一名《無題》，在風格上學李商隱的無題詩，詩人運用含蓄的手法，表現傷別的哀思。

首聯點明詩作主旨，奠定了全詩幽怨哀傷的感情基調。「油壁香車」、「峽雲無跡」都暗指一位美人如巫山之雲，來去無蹤，難再重逢。

頷聯這兩句回憶當年花前月下的美好生活，是一個意境清幽、情致纏綿的境界。「院落」、「池塘」都是情人幽會的地點，「溶溶月」、「淡淡風」是詩人著意渲染的自然景象，也表達了時值暮春，感時加傷別，借景以寄情。而且「梨」與「離」諧音，象徵著離別，「柳」與「留」諧音，象徵著傷感。

頸聯採用對仗手法，敘述自己寂寥蕭索的處境，寫出眼前借酒解悶、面容憔悴、心境沮喪的淒涼情狀。「寂寥」對應「蕭索」，「傷酒」對應「禁煙」，表達暮春時節情人別離，眼前又是寒食禁煙之際，更添落寞之感。詩人頹廢、沮喪的形象由此可見。

尾聯則問得深切，答得無情，這兩句看似尋常，卻更具有深層含義。迢迢流水、重重高山，擺在詩人面前的不是一般險阻，而是永遠沖不破的障礙。東南西北、四面八方，得到的都是魚沉雁落的失望之訊。「處處同」三字很似白居易的「一夜鄉心五處同」，點明這裡不僅是戀情上的失望，簡直是人生中的絕望。

📖 拓展

此詩又名《無題．油壁香車不再逢》，通篇運用含蓄手法，司馬光認為此詩「意在言外，使人思而得之」。詩中「峽雲無跡」語出自李商隱的詩______：「峽雲尋不得，溝水欲如何？」

A.《錦瑟》　B.《離思》　C.《涼思》　D.《相思》

初四

寒食

［唐］韓翃

春城[①]無處不飛花，寒食[②]東風御柳[③]斜。

日暮漢宮[④]傳蠟燭[⑤]，輕煙散入五侯家[⑥]。

注釋

①春城：春日的長安城。②寒食：古時在清明節前禁火一兩天，只吃冷食，所以稱寒食。③御柳：皇城中的柳樹。④漢宮：借指唐朝皇宮。⑤傳蠟燭：寒食節普天之下禁火，但權貴寵臣可得到皇帝恩賜的燃燭。⑥五侯家：一說指漢成帝時封王皇后的五個兄弟皆為侯，泛指權貴豪門。受到特別的恩寵；一說指東漢外戚梁冀其家族中也有五人封侯。

譯文

春日的長安城裡處處飛舞楊花，寒食節春風吹拂御苑柳枝飄動。

夜色降臨之後皇宮裡傳遞燭火，輕煙漸漸瀰漫在王侯貴族家中。

📖 賞析

這是一首諷刺詩，無一字涉及政治評議，詩人用精妙構思、委婉含蓄的手法，揭示了「只許州官放火，不許百姓點燈」的黑暗朝政。

首句寫清明節前長安全城的景象，以「春城無處不飛花」寫出長安城的繁華與熱鬧。此時正值繁花盛開、萬紫千紅、五彩繽紛、柳絮飛舞，呈現出無限美好的春日景象。據記載，當時有兩個同名同姓的韓翃（ㄏㄨㄥˊ），都在一份「補闕名單」中，中書省請示德宗皇帝意指哪一個，皇帝批日：「『春城無處不飛花』，與此韓翃。」連皇帝都如此賞識此詩，其在當時的知名度可想而知。

次句點出具體日期，寒食節是人們出外遊玩的好日子，詩人特意選取一處皇城中「御柳」的特寫鏡頭，聚焦點從整個長安城拉近到皇宮御園柳樹上，甚至特寫到皇宮裡斜插著的柳枝上，烘托出濃郁的春意。透過在春風吹拂下的「御柳」，暗線引出皇家在這一天有所不同的伏筆。唐代制度中，清明日皇帝宣旨，取「榆柳」之火以賜近臣，以示恩寵，即清明節的前一天是寒食節，雖然按照風俗，寒食節當天需禁火，但是皇帝可以賜公侯之家或寵臣之家點蠟燭。

後兩句「日暮漢宮傳蠟燭，輕煙散入五侯家」多認為是諷喻皇宮特權以及專寵官宦。「五侯」泛指權貴豪門，詩人在這裡是以古喻今，表達出對權臣專擅朝政、政治日趨腐敗的強烈不滿。

📖 拓展

飲酒行令是古人詩酒文化與聰明才智的結晶，有古令、雅令、通令、籌令等。文人雅士與平民百姓行酒令的方式自然大不相同，因韓翃這篇《寒食》描寫宮廷生活的詩句輕靈脫俗、淡雅瀟灑，廣泛流傳，形成「______」，成為文人墨客們在筵席上十分喜愛的飲酒遊戲。

A. 飛花令　B. 花枝令　C. 對字令　D. 典故令

清明

清明

［唐］杜牧

清明時節雨紛紛①，路上行人欲斷魂②。

借問③酒家何處有？牧童遙指杏花村④。

📖 注釋

①紛紛：此處形容多。②欲斷魂：好像靈魂要與身體分開一樣，此處形容傷感極深。③借問：請問。④杏花村：杏花深處的村莊。

📖 譯文

清明時節細雨紛紛飄灑，路上行人個個落魄傷魂。

請問當地哪裡可有酒家？牧童指向遠處的杏花村。

📖 賞析

這首詩是杜牧任池州刺史時，經過杏花村（具體所指地點尚有爭議）時所作。詩人只用短短幾句，就完整地交代了時間、地點、環境、人物、事件，像一幕短劇。全詩自然流暢，通俗易懂，餘味無窮。

「清明時節」本該家人團聚、祭祀祖先，可是對於冒雨趕路的行人來講，面對「雨紛紛」不禁心情迷亂，難以平靜。詩人用形容大雪的「紛紛」來形容清明的雨勢，貼切、恰當，抓住了清明雨勢的精髓，傳達出淒迷而又美麗的境界。

第二句交代了情景，渲染出情緒。「路上行人欲斷魂」的「行人」是出門在外的行旅之人，或有公事，或有私事，行程受阻，自然無心賞雨。雖然「好雨知時節」、「春雨貴如油」，但如此天氣、如此節日，陰雨連綿，飄飄灑灑，路上行人難免情緒低落、神魂散亂。「斷魂」二字極其形象地形容了「行人」傷感極深，好像靈魂要與身體分開一樣，恰如其分地表達出「行人」的心境。

後兩句的表達的好在於找到了解脫的方式。詩人想找個酒家避避雨，暖暖身，消消心頭的愁苦，可酒家在哪兒呢？詩中在第三句裡並沒有說向誰「借問」，第四句「牧童遙指杏花村」妙語天成。從語法上講，「牧童」是第四句的主語，可「牧童」又是第三句「借問」的賓語——它補足了上句賓主問答的雙方，甚至詩中聽不到「牧童」說話，用「遙指」這一特定動作，完整地補充了雙方的一問一答。詩人創作手法更簡潔、更高超，他只將畫面留給讀者，而省去了聲音。「杏花村」也不一定即指酒家，畫面中有了人煙詩境就活了，接下來的發展不言而喻，餘音未絕。

📖 拓展

中國有文字記載的歷史中，一共經歷了四個溫暖溼潤期和四個寒冷乾燥期，第一個溫暖溼潤期從西元前三千年到西元前一千一百年，第二個溫暖溼潤期是東周到秦漢時代，第三個溫暖溼潤期即隋唐時期。此時杜牧在湖北東部、安徽南部、浙江北部一帶生活。根據一九五一至二〇一八年南方主要城市______在清明節這一天的降雨數據，降雨次數最多。

A. 南昌　B. 長沙　C. 武漢　D. 杭州

初六

清明

［北宋］王禹偁

無花無酒過清明[①]，興味[②]蕭然[③]似野僧。

昨日鄰家乞新火[④]，曉窗[⑤]分與讀書燈。

注釋

①清明：《淮南子．天文訓》中有：「春分後十五日，斗指乙，則清明風至。」②興味：此處指意趣與興致。③蕭然：清淨冷落。④新火：古時朝廷有明確規定，每當寒食節，家家戶戶都要禁煙火，到清明節再起火。⑤曉窗：拂曉窗外將明時。

譯文

這個清明節無花可賞無酒可飲，索然無味如同寺廟裡的僧人。

用昨天從鄰居家剛討來的火種，窗外拂曉之時點上油燈讀書。

賞析

清明是古人十分注重的節日，宋人每逢這天，家家賞花飲酒、出外踏青，熱鬧非凡。詩人本來就與花、與酒有不解之緣，這一天更該縱情歡樂一番，可詩人王禹偁（ㄔㄥ）這一年的清明節卻過得十分不堪。家中沒有酒，也沒有興致外出去賞花，隻身躲在家中，孤苦伶仃，他內心的淒楚可想而知。

前二句寫詩人過清明節時的情景。在「無花」、「無酒」這樣的日子，詩人孤寂的心情躍然紙上。不難想像，當時朝廷還有明確規定，家家戶戶都要禁煙火，對於這個讀書人來說，夜間沒有燈火也就無法讀書了，正因為賞花、飲酒、讀書的樂趣都被剝奪，清明節過得索然無味，才引出下一句直抒胸臆的「興味蕭然」，貼切地表達了詩人此時百無聊賴、孤獨寂寞的心情。「野僧」是詩人的自嘲，表達了其無可奈何的心境。

後二句是詩人現身說法，自訴寒士的清明節，也不忘刻苦用功、努力讀書。昨日向鄰居家「乞新火」的目的並不是生活所需，更急迫的是用這「新火」點燃讀書用的油燈。有了這盞「讀書燈」，詩人便一掃此前的「興味蕭然」，不再百無聊賴了。「曉窗」二字更加突出詩人急迫的心情，突顯了讀書人在苦中尋覓樂趣、尋找安慰。

全篇語言樸實、節奏明快、敘述簡潔。詩中運用襯托、對比的手法，再現了古代清貧寒士的困頓生活，給人淒涼、清苦之感，也從側面反映出詩人不甘消沉、積極進取的心態。

📖 拓展

古往今來，許多文人以清明為題，留下無數優美詩句。唐代詩人韓翃的「日暮漢宮傳蠟燭」、杜甫的「朝來新火起新煙」、孟雲卿的「貧居往往無煙火」、劉長卿的「百花如舊日，萬井出新煙」等詩句都描寫了清明前家家都要禁煙火的習俗，無限情愫蘊含其中。這一習俗源於晉文公感忠臣______之志，下令在死難紀念日禁火寒食，以寄哀思。

A. 屈原　B. 鮑叔牙　C. 伍子胥　D. 介子推

初七

定風波·莫聽穿林打葉聲

［北宋］蘇軾

莫聽穿林打葉聲，何妨吟嘯①且徐行②。竹杖芒鞋③輕勝馬，誰怕？一蓑④煙雨任平生⑤。

料峭⑥春風吹酒醒，微冷，山頭斜照卻相迎。回首向來⑦蕭瑟⑧處，歸去，也無風雨也無晴。

📖 注釋

①吟嘯：高聲吟詠。②徐行：緩步而行。③芒鞋：草鞋。④蓑：用草或棕毛做成的防雨具。⑤平生：一生。⑥料峭：形容略帶寒意。⑦向來：先前。⑧蕭瑟：指風吹雨打樹葉的聲音。

📖 譯文

不用聽雨打樹葉的聲音，不妨高聲吟詠緩步而行。手拄竹杖、腳穿草鞋感覺比騎馬還輕便，誰怕？披一件蓑衣任憑這一生風吹雨打。

春風略帶寒意吹醒我的酒意，微冷，見山頭初晴，斜陽已經露出。回頭看看先前遇到風雨的地方，回去，無所謂風雨也無所謂放晴。

📖 賞析

成熟的人生狀態是沉默的，不以物喜、不以己悲，沒有高談闊論，也沒有驚天動地的情緒，失意時，淡然笑之。此詞作於西元一〇八二年三月初七，此時蘇軾已經被貶黃州三年，雖處逆境，屢遭挫折，但不畏懼、不頹喪。

此詞前有小序，一日，蘇軾在沙湖道中遇到大雨，沒有雨具，一同出行的友人被雨淋得狼狽不堪，只有蘇軾覺得很有趣。首句渲染了雨驟風狂，蘇軾卻說，不要受風雨吹打葉子聲音的影響，我們何不吟唱詩詞慢慢前行呢？人生的風雨不管有多大，也影響不到我，表明了其處變不驚的人生態度。「何妨」二字透出一點俏皮，更增加了無畏的色彩，傳遞出詩人有搏擊風雨、笑傲人生的輕鬆豪邁之情。「竹杖芒鞋輕勝馬」寫詞人在風雨中從容前行，當擁有平靜悠閒的心態時，即使是「竹杖」、

「芒鞋」行走在泥濘道路之中，自我感受也勝過揚鞭騎馬疾馳。又引出下文「誰怕」？即不怕的意思。「一蓑煙雨任平生」既說明打在身上的風雨，又暗指蘇軾一生遭遇的風雨，用「煙雨」二字展現出他那種豁達的心態，用「任平生」表達出詩人人生風雨常在，我自有我的人生豪邁，任憑風吹雨打，內心始終從容、鎮定的情感。

「山頭斜照卻相迎」三句是寫雨過天晴的景象，既與上文呼應，又引出下文。表明人的一生不會總是逆境，總有撥開雲霧見天明的時候，「回首向來蕭瑟處」寫得非常瀟灑，力透紙背，過來時沒有馬，也沒有雨具，我現在悠然自在地走我自己的路，走向我自己所追求的那個目的地，在我的心中，任它雨打風吹去，我自從容，不慌不忙，不驚不恐，「一蓑煙雨任平生」。

🕮 拓展

蘇軾自貶到黃州已經進入第三年，他覺得自己勞而有獲，心中歡喜，衣食自給自足，心滿意足。在此期間結識了很多僧人、道人，還有著名山水畫家米芾，他還親自燉肉，做魚，做青菜湯，招待賓客，自己竹杖、芒鞋四處交友，閒遊。由於常在田間勞作，他認為______是自己的前身，把其詩句子重組，照民歌樣式唱出，自己手拿一根小木棍，在牛角上打拍子，教農夫們唱。

A. 李白　B. 謝靈運　C. 陶潛　D. 王羲之

初八

海棠

［北宋］蘇軾

東風裊裊[①]泛崇光[②]，香霧空濛[③]月轉廊。

只恐夜深花睡去[④]，故[⑤]燒高燭照紅妝[⑥]。

注釋

①裊裊：微風輕輕吹拂的樣子。一作「渺渺」。②崇光：高貴華美的光。③空濛：細雨迷濛的樣子。一作「霏霏」。④夜深花睡去：引唐玄宗笑楊貴妃「海棠睡未足耳」的典故。史載，一日，楊貴妃喝醉賴床，唐明皇笑曰：「豈妃子醉，直海棠睡未足耳！」⑤故：於是。⑥紅妝：古代婦女的妝飾多為紅色，故泛指女性，此處用美女比喻海棠。

譯文

東風輕輕吹拂，海棠透出高貴的光華，夜霧裡瀰漫香氣，月亮已移過迴廊。

害怕夜深人靜，因這時花兒就會睡去，於是我點燃蠟燭，別錯過欣賞海棠。

🕮 賞析

詩人賞花、愛花、惜花，對花情有獨鍾，尤其是深夜裡，恐怕花睡去，不僅是把花比作人，也是把人比作花，渾然無跡，妙手天成。詩文表面極具浪漫色彩，實際上這是詩人心情的真實寫照。

詩人寫海棠，起筆卻對海棠不作描繪，這是一處曲筆。詩中用「東風裊裊」形容春風吹拂的感官感受，用「泛崇光」既表現出春光明媚，又表現出海棠的高雅華貴之貌，給人視覺上的享受，這是詩人白天所見的海棠花，花姿已經令人陶醉。次句用「香霧空濛」寫海棠陣陣幽香在霧氣中瀰漫開來，更是一種沁人心脾的嗅覺感受，「月轉廊」表明賞花的時間已經很久，月亮都轉到迴廊另一邊去了，月亮西沉後，餘暉已照不到這株海棠花身上，在這夜晚空濛迷幻的境界中，詩人頓生滿心憐意。

第三句構思巧妙，展現愛花之人的超然境界。詩詞中常常把人比喻成花，展現雍容、華美、俊俏的一面，而詩人卻把花喻為人。蘇軾有一首詩——《寓居定惠院之東雜花滿山有海棠一株土人不知貴也》，從中可知，詩人面對來自故鄉的西蜀海棠，不禁產生了「同是天涯淪落人」的感覺。在詩人的想像中，花與人一樣，會在深夜中睡去，因為在人生最落魄的時候，海棠能在蘇軾身邊陪伴，所以詩人要點亮蠟燭，給它最美的儀式。末句進一步表現了詩人對海棠的情有獨鍾，「故燒」應上文的「只恐」二字，含有特意而為的意思，將愛花的感情提升到一個極點。既然「月轉廊」，沒有日和月的光輝照耀了，那就「燒高燭」為海棠驅除這長夜漫漫的黑暗吧，你用高貴的香氣陪伴我的孤獨，我點亮紅燭守護你的寂寞。

📖 拓展

海棠花姿瀟灑、花開似錦、色澤豔美、清香高雅，自古以來是雅俗共賞的名花，海棠素有「花中神仙」、「花貴妃」、「花尊貴」之稱。蘇軾的這首《海棠》名句「只恐夜深花睡去，故燒高燭照紅妝」膾炙人口，海棠還有「______」的雅號。

A. 紅妝花　B. 解語花　C. 富貴花　D. 夜語花

初九

商山[1]早行

［唐］溫庭筠

晨起動徵鐸[2]，客行悲故鄉。

雞聲茅店月，人跡板橋霜。

槲葉[3]落山路，枳花[4]明[5]驛牆[6]。

因思杜陵夢[7]，鳧雁[8]滿回塘[9]。

注釋

①商山：在今陝西省商洛市境內。②徵鐸（ㄉㄨㄛˊ）：遠行車馬所掛的鈴鐺。③槲（ㄏㄨˊ）葉：槲樹的葉子。葉子在冬天雖枯而不落，春天樹枝發芽時才落。④枳（ㄓˇ）花：一種落葉灌木或小喬木之花。春天開白花，果實似橘而略小。⑤明：使……明豔。⑥驛（ㄧˋ）牆：驛站的牆壁。⑦杜陵：地名，在長安東南，古為杜伯國，秦朝設定杜縣，漢宣帝築陵於東原上。此處代指長安。⑧鳧（ㄈㄨˊ）雁：野鴨和野雁。⑨回塘：邊沿曲折的池塘。

譯文

清晨起來聽到車馬的鈴鐺作響，踏上旅途的人因懷念故鄉而悲傷。

雄雞報曉時茅店上空掛著殘月，早行人的足跡踏遍木板橋的寒霜。

枯敗的槲葉落滿了山間的小路，白枳花映照得驛站圍牆更加明亮。

因而想起昨夜夢見長安的情景，一群野鴨野雁歡快地游在池塘裡。

📖 賞析

溫庭筠離開長安赴襄陽時，途經商洛一帶，當他在山區跋涉的時候，還念念不忘他的第二故鄉長安，反映了多數旅人思鄉之情的共同感受。

首聯寫羈旅早行，懷鄉生悲。「晨起動徵鐸」概括出了旅客在清晨聽到車馬震動發出的鈴聲，說明車伕、車馬已經準備好，又要開始一天的遠行了。古代交通裝置和道通行證件有限，一天的旅途是十分辛苦的，旅途勞頓，身心疲憊，自然湧起早行人們「悲故鄉」的情緒。

頷聯是膾炙人口的名句。兩句詩皆用名詞，可以組合成「雞聲」、「茅店」、「月」、「人跡」、「板橋」、「霜」，還可以拆解為十種景物：雞、聲、茅、店、月、人、跡、板、橋、霜。內容涵蓋豐富，畫面多重組合，將商山的清晨之景渲染得有聲有色。

頸聯寫路上所見。「槲葉」和「枳花」是商山一帶較多的植物，槲葉在冬天雖枯而不落，春天樹枝發芽時才落，所以用一個「落」字即能代表其特點。枳樹春天開白花，因為是「晨起」，雄雞報曉之時，天還沒有大亮，「驛牆」旁邊白色的「枳花」就比較顯眼，所以用一個「明」字突顯其特點。

尾聯寫詩人想起昨夜在夢中出現的故鄉。看到槲葉滿地、枳花明豔，春天的景色楚楚動人、欣欣向榮，於是想起了昨夜的夢境。獨寫夢境中「鳧雁滿回塘」，耐人尋味。春天的長安，回塘水暖，鳧雁自得其樂，隱指詩人急於與親人團聚的情懷，避直就曲、表達含蓄、構思精美。

拓展

溫庭筠在詞史上的地位極高，被公認______為鼻祖。這是中國詞史上的第一個流派，也是後來婉約詞派的直接源頭，後世李煜、歐陽修、柳永、晏幾道、周邦彥、李清照、陸游等都深受其影響。

A. 花間派　B. 情韻派　C. 陳宮體　D. 常州派

初十

觀祈雨

［唐］李約

桑條[①]無葉土生煙，簫管[②]迎龍水廟[③]前。

朱門[④]幾處[⑤]看歌舞，猶恐春陰[⑥]咽[⑦]管絃。

注釋

①桑條：桑樹的枝條。②簫管：樂器名，此處指吹奏各種樂器。③水廟：龍王廟，是古時祈雨的場所。④朱門：出於晉葛洪　《抱樸子．外篇》，指富豪權貴之家。⑤幾處：多少處，猶言處處。⑥春陰：陰雨的春天。⑦咽（ㄧㄝ ˋ）：凝塞，此處

指使樂器發聲不響。

📖 譯文

久旱無雨導致桑樹無葉土地冒煙，人們在龍王廟前敲鑼打鼓地祈雨。

有多少處富貴人家卻在觀賞歌舞，擔心春雨使樂器受潮音色不響亮。

📖 賞析

此詩對大旱時兩種不同階級人們的生活場面、不同階層人們的思想感情做了典型描寫，對比鮮明、反差強烈、語言含蓄，極具諷刺性。詩人的同情之心與憤慨之情也滲透其間。

前兩句寫農民春旱祈雨的場面。「桑條無葉」是因為大旱毀了養蠶業，「土生煙」則寫出大旱對農業生產的影響十分嚴重。因為莊稼枯死，便只能見到「土」，因為樹上無葉，只能見到「條」，此時農民盼雨心憂如焚。第一句寫春季旱情嚴重狀況，交代了祈雨的原因，第二句寫村民在水廟前迎龍，描述祈雨場面，都是正面呼應詩題。「簫管迎龍」是古代祈雨場面，以道具式的土龍、畫龍等代替想像中的龍王，形成更為直觀的祭拜對象，再輔以陰陽五行之術，求與同類相感相應。在「簫管」的鳴奏聲中，人們在「水廟前」表演各種節目，看上去煞是熱鬧，但不難發現，祈雨群眾也只是強顏歡笑，內心應該是萬分焦急的。

後兩句轉而描寫富豪權貴之家看歌舞表演的情景，前者憂，後者樂，對比鮮明、反差強烈。水廟前是百姓簫管追隨、恭迎「龍神」，富豪家是品味管絃、欣賞歌舞。一方是唯恐不雨，另一方卻是「猶恐春陰」，唯恐不雨者，擔心的是生死攸關的生計問題，「猶恐春陰」者，則僅僅是擔憂管絃受潮，聲音不能清脆悅耳。詩人採用對比的表現手法，將農民心急如焚地求雨場景和達官貴人悠哉觀賞歌舞的場景並置，寄寓了詩人對農民的同情和對達官顯貴們的憤怒。

全詩語言含蓄，極具諷刺性，與「朱門酒肉臭，路有凍死骨」有異曲同工之妙。

拓展

後世明清小說______在中曾引用李約的這首《觀祈雨》進行擴展演繹，用文學著作的方式譏諷富貴人家全不知民生疾苦，一方是深重的憂慮與不幸，另一方卻是荒嬉與閒愁，表現出了明清小說題材的史傳性、觀念的史傳性和小說藝術的史傳性。

A.《水滸傳》　B.《紅樓夢》　C.《三俠五義》　D.《儒林外史》

十一

春興[1]

［唐］武元衡

楊柳陰陰[2]細雨晴，殘花落盡見流鶯[3]。

春風一夜吹鄉夢[4]，夢逐[5]春風到洛城。

注釋

①春興（ㄒㄧㄥ）：因春天的景物而觸發的感情。②陰陰：形容楊柳茂盛。③流鶯：鶯的鳴聲婉轉。④鄉夢：一作「香夢」。⑤夢逐：夢中跟隨。一作「又逐」。

譯文

細雨初晴後楊柳已是蒼翠濃郁，枝頭殘花落盡後露出啼鳴的流鶯。

一夜春風吹起我甜美的思鄉夢，在夢中我跟隨春風飛回到洛陽城。

賞析

此詩以「春」字貫穿始終，詩人透過觀察，發現那些即將逝去的春景，引出令人黯然神傷的思鄉之情，用惹人的春風春雨，孕育出溫馨的思鄉之夢。

「楊柳陰陰細雨晴，殘花落盡見流鶯」這是暮春時節的兩大典型特點，「陰陰」形容楊柳茂盛，柳色已經發暗了，此時的雨還是春日細雨，但雨晴後發現楊柳的顏色已經由初春的鵝黃嫩綠轉變為一大片翠綠。此時的鳥還是春鳥，但雨打枝頭、「殘花落盡」之後，方才顯露出在樹上啼鳴的「流鶯」真面目。前兩句中的「雨晴」、「陰陰」、「落盡」、「流鶯」都是因果關係，說明春天已經在柳暗花殘中即將逝去。

「春風一夜吹鄉夢，又逐春風到洛城」這兩句語言新奇、瀟灑流暢，含蓄而巧妙地將詩人的鄉思之情表達得淋漓盡致。兩處「春風」是觸發鄉思、吹送歸夢、無所不在的重要角色，第一處春風是「吹」的動作，這是很富有表現力的動作，與第二處春風「逐」的動作相呼應，「吹」的速度、方向和「逐」的速度、方向都給人飄蕩逶迤、前追後趕的感覺。「吹」字與「逐」字的運用，使得本來帶有惆悵情調的鄉夢，也浸滿了春日和煦、明麗、溫暖的色彩，而並無沉重悲傷之感。

恰恰是和煦的春風才釀就了一夜的思鄉之夢，而無形的鄉夢也似乎可以如楊花柳絮一般被春風吹送，一直吹到故鄉「洛城」詩人的家中，流露出詩人在美好夢境中的欣喜愉悅。

🕮 拓展

武元衡精於寫詩，是中唐有名的詩人，與白居易既是同僚又是朋友，唐憲宗時期官至______，他主張強勢對抗藩鎮。西元八一五年，淮西節度使吳元濟謀反，憲宗委任武元衡統領軍隊對淮西蔡州進行清剿，引起割據勢力的恐懼，被平盧節度使李師道派人刺殺。遇刺的前一夜曾作《夏夜作》。

A. 宰相　B. 監察御史　C. 戶部侍郎　D. 刑部侍郎

十二

晚春

［唐］韓愈

草樹知春不久歸，百般紅紫①鬥芳菲②。

楊花榆莢③無才思④，唯解⑤漫天作雪飛。

注釋

①百般紅紫：萬紫千紅。②鬥芳菲：爭奇鬥豔。③榆莢：榆樹在春季結成的果實。④無才思：沒有才氣和才情，此處指沒有美麗的顏色。⑤唯解：只知道。

譯文

花草樹木知道春天不久將逝，都在萬紫千紅中爭奇鬥豔。

沒有美麗顏色的柳絮和榆英，只知道像雪花般漫天飛舞。

📖 賞析

韓愈是「文起八代之衰」的宗師，其詩文力求重新奇、重氣勢，有獨創之功。此詩寄情於景，景物描寫中蘊含著人生哲理。詩人透過草木知春、惜春，爭奇鬥豔的場景，表達對大好春光的珍惜之情。全詩四句處處運用擬人手法，人言草木無情，詩人偏說它們有知，想像力出奇制勝。

前兩句描寫萬物爭春時百花爭豔的芳香景色。人與草木，同屬於天地間的生命，本也相等，在詩人筆下，一花一草皆有靈性，「知」與「鬥」寫出了草木留春而呈萬紫千紅的動人情景。彷彿花草樹木探得春將歸去的消息後，便各自施展出渾身解數，吐豔爭芳、色彩繽紛、繁花似錦。這兩句簡潔明快、形象生動，似乎能看見滿園草木花朵的動作，能聽到熱鬧喧囂的聲音，詩詞的妙處也在於此。

後兩句出現的其貌不揚的「楊花榆莢」才是詩中主角，進一步渲染了萬物送春之情。在詩人看來，「草木」有「百般紅紫」的嬌豔美貌，「楊花榆莢」在樸實無華的外表下，也有自己生命的力量，不會因此而藏拙，也在晚春中盡力展示自我、放飛自我。「無才思」即沒有爭奇鬥豔的資本，這些「楊花榆莢」像飛雪一般漫天遍野地飄舞，為晚春增添了一道獨特的風景。

全詩用擬人化的手法將萬紫千紅的花、碧綠如茵的草、漫天飛舞的楊花榆莢結合起來，構成了一幅多彩多姿的暮春畫卷。本詩可以有多層含義，一是可表達人們應該乘時而進、抓緊時機去創造有價值的東西；二是表達一個人「無才思」並不可怕，重要的是愛惜歲月、不失機遇，春光是不會辜負「楊花榆莢」這樣的有心人的；三是天工造物，各得其所，嬌豔明媚的花瓣落紅，一地淒涼，而楊花榆莢不怕風吹，反而自得其樂地到處輕舞飛揚。詩之含義，見仁見智，不一樣的人生閱歷，會有不一樣的領悟，既是一種生活哲理，也是一種生活態度。

📖 拓展

面對晚春景象，詩人並沒有發出傷感之情，反而情緒樂觀向上，很有新意。「楊花榆莢無才思」的「楊花」是指柳絮，______的名稱組合與「楊花」、「柳絮」一致。

A. 松子榆錢　B. 芙蓉荷花　C. 月華幽蘭　D. 菊花山黃

十三

田園樂（其六）

［唐］王維

桃紅復含宿雨[1]，柳綠更帶朝煙[2]。

花落家童[3]未掃，鶯啼山客[4]猶眠[5]。

📖 注釋

①宿雨：夜雨，經夜的雨水。②朝煙：早晨的煙靄。③家童：家中的僕人。④山客：隱居山莊的人，指詩人自己。⑤猶眠：還在睡眠。

📖 譯文

桃花瓣上還沾著昨夜的雨珠，綠柳籠罩在早晨的煙靄之中。

家童還沒有來得及打掃落花，此時鶯鳥啼叫而我還在酣眠。

📖 賞析

《田園樂》是王維退居藍田輞川別業時期寫的組詩，共七首，獨立成章，聯綴起來又是一個有機整體。第一首寫「景之勝」，第二首寫「俗之樸」，第三首寫「地之幽」，第四首寫「供之淡」，第五首寫「身之閒」，第六首寫「境之靜」，第七首寫「野之趣」，都是描寫大自然和田園生活的美好。

前兩句透過「宿雨」、「朝煙」來寫「夜來風雨」，在景物的描繪上，不但有大的構圖，更有具體鮮明的設色和細節的描畫，使讀者先見畫而後會意。此如用「紅」、「綠」兩種顏色使景物更加鮮明，而且詩人觀察細微、筆觸細膩，深紅淺紅的花瓣上尚帶昨夜的雨滴，色澤柔和可愛、嬌翠欲滴、鮮明奪目。雨後的空氣中瀰散著淡淡花香，沁人心脾、使人心醉。楊柳依依，籠罩在一片迷濛的水煙之中，更顯得裊娜迷人、婀娜多姿。經過層層渲染，詩中有畫、繪形繪色，勾勒出一幅柳暗花明的圖畫。

後兩句使人入境，展現出詩人之「樂」。「花落」是因為「宿雨」，「未掃」是因為清晨，未掃非不掃，而是因為清晨人尚未起，「未掃」反而有了清幽的意境，與第四句造成呼應作用。「鶯啼山客猶眠」如同孟浩然的「春眠不覺曉」，春日裡人睡得酣恬安穩，對身外之境一無所知。「花落」、「鶯啼」雖有動靜，有聲響，卻反襯出「山客」的居處與心境寧靜，所以其意境主在「靜」字上。此時寂靜、清幽、和諧而富有詩意，結尾的「猶眠」二字更能表現出詩人當時的內心感受。

全詩繪形繪色、詩中有畫。「復」與「更」展現遞進關係，由境生情;「含」與「帶」使客觀景物平添了主觀思想;「未」與「猶」顯然有一波三折之妙，展現出詩人閒適恬淡、熱愛自然的生活態度與淡泊名利、追求自由的精神境界。

🕮 拓展

天寶之亂後，著名歌者李龜年流落江南，每遇良辰美景經常為人演唱王維的______和《伊州歌》。李龜年對王維的詩句很偏愛，他唱起這些曲子時，不僅會勾起人們對國都的興亡之痛與個人的無限愁思，更讓聽者對舊日繁華有著無窮的回味與眷戀，聽者無不動容。

A.《田園樂》　B.《相思》　C.《送別》　D.《渭川田家》

十四

鳥鳴澗

［唐］王維

人閒[①]桂花落，夜靜春山空[②]。

月出驚山鳥，時鳴[③]春澗中。

注釋

①人閒：指沒有人事活動相擾時。②空：空寂，空蕩。③時鳴：偶爾啼叫。

譯文

沒有人相擾的時候閒看桂花飄落，靜謐的春夜裡山野一片空寂。

月亮升起驚擾了山中棲息的鳥兒，偶爾的鳴叫聲迴盪在春澗中。

賞析

這首詩是王維題友人皇甫嶽所居雲溪別墅的《雲溪雜題》組詩之一。組詩由《鳥鳴澗》、《蓮花塢》、《鸕鷀堰》《上平田》、《萍池》組成，五首詩每一首寫一處風景，或分寫一處景點之妙，不同於一般的寫意畫，其更接近於風景寫生。

《鳥鳴澗》整首詩渾然一體、一氣呵成，側重於表現夜間春山的寧靜幽美。在這春山中，萬籟都陶醉在那種夜的色調與寧靜裡了。

前兩句展現當詩人將一切俗念都放下時，內心深處那種安閒通達的心境。「人閒」說明周圍沒有人事的煩擾，無愁無怨、無悲無喜，佛教理論講究「靜」，心靜則無雜念，只有內心平靜才能傾聽到大自然最微弱的聲音，也只有「人閒」時才有時間去欣賞「桂花落」。次句「夜靜春山空」的「夜靜」實則「心靜」，展現出詩人寂靜空明的心境，與春山的環境氣氛相一致，兩者是互相契合而又互相作用的。「空」字更加耐人尋味，反映了詩人返本歸真的內心世界，也是佛道兩家修練的最終目標。莊子有一個「心兵不動」的說法，講的就是在人的內心有矛盾亂流，理性和感性兩種情緒隨時都在內戰，這種狀況永無停止，如果能修養到「心兵」不動，不僅可以取得內心的平靜，還能達到思想的淨化、覺悟的提高。

緊接著「月出驚山鳥」仍是承「靜」字而來。當月亮升起，給這夜幕籠罩的空谷帶來皎潔銀輝的時候，竟使山鳥驚覺起來，說明「山鳥」已習慣於山谷的靜默習性，似乎連「月出」也帶有驚動。那「時鳴」之聲，在春夜的山澗裡悠揚地、清晰地發出迴響。這「山鳥」的「驚」與「鳴」，源於這催生情愫的月光，詩人內心的躁動似又有萌生。夜靜人閒，春山空闊，佛心、禪意似乎可見，隱居的王維在春山裡望見千古，在月夜裡感受人生。

📖 拓展

王維後期的詩，主要寫其隱居終南山輞川時閒情逸緻的生活。《舊唐書·王維傳》記載：「維兄弟俱奉佛，居常蔬食，不茹葷血，晚年長齋，不衣文彩。」受家庭環境的影響，他早年就信奉佛教，貶官濟州時已經有了隱居的想法，再加上被罷相，他漸漸覺得仕途生活壓抑、黑暗，理想也隨之破滅。

A. 李林甫　B. 姚崇　C. 張九齡　D. 宋璟

十五

江南逢李龜年

［唐］杜甫

岐王①宅裡尋常②見，崔九③堂前幾度聞。

正是江南好風景，落花時節④又逢君。

📖 注釋

①岐王：唐玄宗李隆基的弟弟，本名李隆範，後為避李隆基的名諱改為李範，被封岐王，雅善音律。②尋常：經常。③崔九：崔滌，兄弟中排行第九，唐玄宗時曾任殿中監，出入禁中，得玄宗寵幸。④落花時節：暮春三月。又指人已衰老。

📖 譯文

當年在岐王宅裡經常想見，在崔九家裡也多次聽您演奏。

如今正是江南最好的時節，暮春三月時我和您再度遇見。

📖 賞析

此詩從字面上看，是杜甫和李龜年兩人敘舊，兩人曾經在長安有過交集，沒想到在暮春三月的江南又遇到了，真是有緣分啊。深層次分析看，是「安史之亂」後，兩人都處境悲慘、輾轉流離，詩人從旁觀者的角度去看自己的經歷和千千萬萬人的經歷，感知時代的滄桑巨變，曾經的繁華已一去不返了。全詩在含蓄委婉之中達到了舉重若輕、渾然無跡的藝術境界。

前兩句是追憶昔日與李龜年的接觸時光，寄寓詩人對開元全盛日的懷念之情。岐王李範雅善音律，家中常常有詩人、音樂家等高朋滿座。崔滌深受皇帝恩寵，唐玄宗將他的名改為崔澄，玄宗出任潞州別駕時，餞行的賓客朋友在國門止步，而崔澄能獨自跟從到華州。詩中的「岐王宅裡」、「崔九堂前」是兩個文藝名流經常聚集之地，這無疑是鼎盛的開元時期豐富多彩的精神文化生活的縮影，這些名字就足以勾起對「全盛日」的美好回憶。「見」和「聞」是用了互文見義的手法，即使用相互補充的字詞表達出更完整、更豐富的意思，舊時在兩家都見過李龜年，也都聽過他的演奏。

後兩句筆觸輕盈、情感深厚，是對國事凋零後，包括藝人、詩人、官宦在內的人民大眾顛沛流離的感慨。「正是江南好風景」道出了風景秀麗的江南，在太平時代，本是詩人、藝人們所嚮往的地方，如今自己和李龜年正置身其間，但所面對的竟是滿眼凋零的「落花時節」。「聞」、「逢」之間，聯結著落花流水、時代滄桑、人生巨變。詩中「落花時節」既是寫實景，又別有寓託，寄興在有意無意之間，蘊藏於有言無言之中。一聲深沉的慨嘆，能讓每個人都沉浸在杜甫筆下那份厚重的情感之中。

📖 拓展

李龜年是唐朝著名的音樂家，他風流儒雅，擅長唱歌和演奏樂器。唐玄宗聽了李龜年和李彭年、李鶴年三兄弟創作的______，對其特別賞識，因此，其曾多年受到唐玄宗的恩寵。「安史之亂」後，李龜年不得已流落到江南，每遇良辰美景，便演唱幾曲，常令聽者掩面而泣。

A.《伊州歌》　B.《涼州曲》　C.《渭川曲》　D.《清平調》

十六

絕句二首（其二）

［唐］杜甫

江碧鳥[1]逾白，山青花欲燃[2]。

今春看又過，何日是歸年？

注釋

①鳥：指江鷗。②花欲燃：花紅似火，絢爛得像燃燒一樣。

譯文

碧水把鳥羽襯托得更加潔白，青山把紅花映襯得像燃燒一樣。

今年的春天眼看又要過去了，什麼時候才能回到我的故鄉啊？

賞析

春是生命律動的季節，是讓人悸動的季節，也是給予人希望的季節。春天和月亮一樣，很容易勾起詩人們柔軟的回憶，引發詩人們對美好未來的期望。杜甫原居河南，在客居四川時，他鄉的春天，自然勾起詩人對故鄉的纏綿思念，心裡一遍遍地期許歸年，表達他心中無限沉重的鄉思之情。

前兩句以江碧襯鳥羽的白，「碧」、「白」相映生輝，以山青襯花朵的紅，「青」、「紅」互為映襯。「逾」即更加，「欲」是將要，這是對偶句，上句是水的襯托，下句是山的對映，近處看到碧綠透明的江水，而在碧波蕩漾的江水上，幾隻潔白的水鳥正在戲水。遠處的青山上，在陽光映照下，山花鮮豔如燃燒的火焰。「碧」、「白」、「青」、「燃」，色彩形成明顯的對比，碧綠、青翠、火紅、潔白四色景象無比清新，雖是粗筆勾畫，筆底卻是大自然絢麗優美的景象。可以看見，詩人筆下的春天景色清新、沁人心脾、充滿生機。

後兩句筆意一轉，抒發情感。杜甫的後半生是漂泊者，但不論走到何處，他都心繫故鄉、歲月無情、歸期無望，雖然眼前欣欣向榮，詩人表面上很喜歡這美麗的景色，但內心的懷鄉之愁是掩飾不住的。候鳥歸來了，山花擁抱大自然了，反而讓詩人感嘆：春歸人未歸，「何日是歸年」啊！這種沉沉的傷感、縷縷的離愁，都發自心靈深處，一筆湧出。此時詩人的心早已飛回故鄉，哪還有心思欣賞眼前美麗的景色呢？句中「看又過」三個字點出時節，慨而嘆之。春末景色不可謂不美，可惜歲月荏苒、歸期遙遙，非但引不起詩人遊玩的興致，反而勾起了漂泊的感傷。

全詩如同一幅鑲嵌在鏡框裡的風景畫，景色清新、情景交融、以景寓情、情深意長，散發著一種令人目眩神奪的魅力。

🕮 拓展

杜甫在世時名聲並不顯赫，因家道中落、仕途不順，一生輾轉多地，此詩作於詩人定居在______期間。在無法定居的艱難生活裡，杜甫就靠撿拾橡實、挖掘山藥，以飽家人之腹，在相對安居時也曾親自為農，開闢菜園、藥圃，種菜，養雞等。杜甫在顛沛流離中，因生計艱難不得不常常寄食於人，在這樣飢飽無律的生活下，杜甫集多病於一身，嚴重影響了他的日常生活。

A. 瀼西草堂　B. 長安少陵　C. 夔州西閣　D. 成都草堂

十七

春望

［唐］杜甫

國破[1]山河在，城[2]春草木深[3]。

感時[4]花濺淚，恨別[5]鳥驚心。

烽火[6]連三月，家書抵[7]萬金。

白頭搔更短，渾欲[8]不勝簪[9]。

注釋

①國破：國都陷落。②城：此處指長安城。③草木深：指人煙稀少。④感時：為國家的時局而感傷。⑤恨別：悵恨離別。⑥烽火：古時邊防報警的煙火，此處指「安史之亂」的戰火。⑦抵：值，相當。⑧渾欲：簡直要。⑨簪：用來挽住頭髮的一種首飾，古代亦用此把帽子別在頭髮上。

譯文

國都淪喪只有山河依舊還在，春日的城郭裡樹木雜草叢生。

傷感時局面對鮮花黯然落淚，家人離散聽到鳥鳴令我心驚。

戰火延綿不絕至今尚未停息，家書珍貴如同萬兩黃金一般。

因為愁緒搔頭白髮越來越短，別髮的簪子簡直也插不上了。

🕮 賞析

「安史之亂」前，海內承平日久，大唐子民以及幾代人都沒有見過戰爭，「安史之亂」使得唐朝人口大量喪失、國力銳減，成為唐朝由盛而衰的重要轉捩點。詩人是這場戰爭的經歷者，也是重大歷史事件的見證者。題目是《春望》，寫於西元七五七年暮春，可見這個春天不比尋常。

首聯寫山河破碎、國都淪陷、草木荒蕪、滿目瘡痍。一個「破」字寫盡怵目驚心，一個「在」字寫盡興廢可悲，一個「春」字寫盡物是人非，一個「深」字寫盡野草滿目，開篇為全詩營造了一片荒涼悽慘的氣氛。頷聯寫春城敗象，飽含感嘆。花本無情而「濺淚」，鳥亦無恨而「驚心」，花鳥是因人而具有了怨恨之情。前四句詩人望見的「山河」、「草木」、「花」、「鳥」本應是美好的景象，但因「國破」而增添了內心的傷痛，詩中反覆用反襯的手法，以春景寫傷情。

後四句寫出了特殊時代背景下詩人的真實感受。「烽火連三月」是虛指，詩人想到戰火延綿不絕，很久沒有妻子兒女的音信了，他們生死未卜。「家書抵萬金」高度概括出這段時間詩人飽含了多少辛酸、期盼、苦楚、傷痛啊！在戰爭年月，最珍貴的不是財富，而是那越過戰火的家書，在顛沛流離之後，最重要的是親人的性命安危。接著，國愁和家憂湧上心頭，內憂和外患糾纏難解，詩人內心焦慮至極，「白髮」是愁出來的，「搔」欲解愁而使愁更愁，「不勝簪」從頭髮的變化著眼，使人感受到詩人內心的苦楚和無助。

📖 拓展

「安史之亂」從西元七五五年的十一月持續到西元七六三年的正月，共七年零兩個月的時間，按照《資治通鑑》的記載，西元七五四年，戶部奏天下人口約為五千兩百八十八萬，到了西元七六四年，戶部奏天下人口約為______。戰亂使社會遭受了一次浩劫，大量百姓流離失所、無家可歸，甚至妻離子散，也致使唐王朝自盛而衰、一蹶不振。

A. 一千五百二十萬　B. 一千六百九十萬　C. 三千六百萬　D. 四千兩百五十萬

十八

登樓

［唐］杜甫

花近高樓傷客心①，萬方多難此登臨②。

錦江③春色來天地④，玉壘⑤浮雲變古今⑥。

北極朝廷⑦終不改⑧，西山寇盜⑨莫相侵。

可憐後主⑩還祠廟，日暮聊為梁甫吟。

📖 注釋

①客心：客居者之心。②登臨：登高往下看。③錦江：濯錦江，是岷江流經成都市區的主要河流。④來天地：與天地俱來。⑤玉壘：山名，在今四川省都江堰市西北部。⑥變古今：與古今俱變。⑦北極朝廷：比喻朝廷中樞。⑧終不改：終究不能改。⑨西山寇盜：指入侵者。⑩後主：三國時蜀國後主劉禪。聊為：不甘心這樣做而只能這樣做。梁甫吟：一首樂府詩，代指此詩。

📖 譯文

人在他鄉高樓賞花卻怵目驚心，在全國多災多難之時登臨此樓。

濯錦江兩岸的春色與天地俱來，玉壘山上的浮雲古今變幻萬千。

大唐朝廷如北極星般不會改變，遠在西山的寇盜不要再來侵犯。

可嘆後主劉禪竟然能享受祭祀，在黃昏時我姑且吟誦這首詩吧。

📖 賞析

西元七六四年暮春，詩人登樓憑眺，有感而作。詩中運用兼顧時間和空間的手法，增強了詩的意境立體感，開闊了詩的豁達雄渾境界。

首聯寫登樓望見無邊春色，想到萬方多難、風雲變幻，不免傷心感喟。花「傷客心」，以樂景寫哀情，與《春望》的「感時花濺淚」一樣，都是反襯手法。「萬方多難」是全詩情緒的出發點，在這樣一個藩鎮割據、外敵入侵，全國多災多難的時刻，流離在巴蜀的詩人為國家的災難而憂愁、傷感。

頷聯行雲流水，對仗工整，詩人從登樓所見的壯麗山河展開聯想。「玉壘」、「錦江」是登樓所見山水，「春色」年年來，「浮雲」日日變，這不請自來的「春色」和洶湧而來的「浮雲」讓詩人聯想到國家動盪不安的局勢，飽含著詩人對祖國大好河山的讚美和對民族歷史的追懷。

頸聯議論天下大勢，透著期盼國運久遠的堅定信念。用「朝廷」和「寇盜」做對比，想到朝廷就像北極星一樣不可動搖，即使外敵入侵，也難以改變人們的正統觀念。「終」有始終、終究之意，詩人認為大唐帝國氣運一定會久遠，面對「寇盜」的侵犯，表現得義正詞嚴、浩氣凜然。

尾聯諷喻當朝昏君，寄託個人情思。登高往下看到「後主祠」，加一個「還」字，有輕蔑之感。詩人不禁感嘆，那亡國昏君，竟也配和武侯一樣有著專屬祠廟，如今重用宦官，造成國事維艱，令人悲憤。杜甫將國家災難和個人情思融為一體，寓意深遠。

拓展

西元七六三年春，唐軍打敗叛軍，官軍收復河南、河北，「安史之亂」本已經基本平定，十月又發生了______攻陷長安，進而占據了西部大片領土，包括今甘肅、陝西西部、新疆、四川南部。此時唐朝宦官專權、藩鎮割據、內外交困、災患重重，故杜甫在成都登樓憑眺，寄情於景，有感而作。

A. 回紇　B. 匈奴　C. 吐蕃　D. 突厥

十九

無題[①]·相見時難別亦難

［唐］李商隱

相見時難別亦難，東風[②]無力百花殘[③]。

春蠶到死絲[④]方盡，蠟炬[⑤]成灰淚[⑥]始乾。

曉鏡[⑦]但愁雲鬢[⑧]改，夜吟應覺月光寒。

蓬山此去無多路，青鳥[⑨]殷勤為探看[⑩]。

📖 注釋

①無題：唐代以來，常用「無題」為標題，表示作者不便於或不想直接用題目顯露詩歌的主旨。②東風：春風。③殘：凋零。④絲：與「思」諧音，借指相思之意。⑤蠟炬：蠟燭。⑥淚：指蠟燭燃燒時的蠟燭油，借指相思的眼淚。⑦曉鏡：早晨對鏡梳妝。⑧雲鬢（ㄅㄧㄣˋ）：多而美的頭髮，比喻青春年華。⑨青鳥：神話中為西王母傳遞音訊的信使。⑩探看（ㄎㄢ）：探望、看望、慰問。

📖 譯文

想見很難而分別時心情更難，暮春時節百花凋零使人傷感。

春蠶到死時纏綿的絲才吐完，蠟燭燃成灰燼後蠟油方滴乾。

早晨對鏡看見青春年華消逝，晚上吟詩應感覺到月色清寒。

蓬萊山距此不遠卻無路可通，希望信使能為我去慰問探望。

📖 賞析

這是一首描寫男女離別及別後相互思念的愛情詩，也是李商隱「無題詩」中流傳最為廣泛的一首。

首聯描寫由於受到某種力量的阻隔，一對情人已經難以相會，分離的痛苦使人不堪忍受。這兩個「難」字包含了不同的意義：前一個「難」是寫當初兩人相聚的不易，後一個「難」則寫出離別時難捨難分的狀態和離別後所經受的情感煎熬狀態。兩個「難」字是層層遞進的關係，也分別為尾句的「無多路」、「為探看」留下伏筆。第二句則寫傷別之人偏逢暮春，春風力竭、百花凋謝，令人更加傷感。

頷聯用「春蠶」和「蠟炬」做比，「絲」音同「思」，表達對對方的思念之情，如同春蠶吐絲，到死方休，如同蠟燭燃盡，淚水流乾。表現有情人之間眷戀之深，既有失望的悲傷與痛苦，也有纏綿、灼熱的執著與追求。這兩句以豐富的形象和文學底蘊成為千古名句。

頸聯「雲鬢改」是說自己因為痛苦的折磨，夜晚輾轉不能成眠，以致鬢髮脫落、容顏憔悴，「夜吟應覺」是推己及人，想像對方和自己一樣痛苦，整夜無法入睡的樣子。

尾聯燃起會面的渴望，以「蓬山」寓意對方的住所，以「青鳥」寓意兩人的信使，別有新意，也更加形象地刻劃出希望中的無望，前途依舊渺茫。

🕮 拓展

李商隱豐富了詩的抒情藝術，他的詩歌常以清詞麗句構造優美的形象，寄情深微、意蘊幽隱，富有朦朧婉曲之美。《無題》是最能表現這種風格特色的作品之一，詩中「蓬山此去無多路」的「蓬山」是指______，借指所思之人的住處。

A. 慈溪達蓬山　B. 遂寧蓬溪山　C. 東海蓬萊山　D. 四川蓬州山

谷雨

漁歌子·西塞山前白鷺飛

［唐］張志和

西塞山[1]前白鷺[2]飛，桃花流水[3]鱖魚[4]肥。

青箬笠[5]，綠蓑衣[6]，斜風細雨不須歸。

注釋

①西塞山：在今浙江省湖州市西。②白鷺：一種白色的水鳥。③桃花流水：桃花盛開的季節正是春水盛漲的時候。④鱖（ㄍㄨㄟˋ）魚：淡水魚，喜歡棲息於江河、湖泊、水庫等水草茂盛的水體中。⑤箬（ㄖㄨㄛˋ）笠：用箬葉編的斗笠。⑥蓑衣：用草或棕、麻編織的雨披。

譯文

白鷺在西塞山前正展翅飛翔，岸邊桃花盛開，水中鱖魚肥美。

漁夫戴青色斗笠披綠色蓑衣，在斜風細雨中，沒有必要回家。

📖 賞析

這首詞描繪了江南春汛期的景物，反映了太湖流域水鄉的清新秀美。全詞基調鮮明柔和、氣氛寧靜安逸，在秀麗的江南水鄉中，看到了心中理想的生活，既展現了詞人的藝術匠心，也反映了他高遠、淡泊、超脫的內心境界。

「西塞山」應該在今浙江省湖州市境內，從本詞中可以看出這是一處風景秀美、景色宜人、物種豐茂之地。山前「白鷺」展翅飛翔，山下一波春水蕩漾，儼然一幅生機盎然的風景圖畫。「白鷺」的特徵是長嘴、長頸和長腿，主要以各種小型魚類為食，有白鷺盤旋飛翔的地方就一定有江河、湖泊、魚蝦。「桃花流水」是春江之水，幾場春雨之後，江面上漲，水暖花開，岸邊的「桃花」已經暗示了季節時令。此時，整個江南水鄉桃紅柳綠、百花爭豔、微風輕拂、細雨濛濛，正是一年春好處。「鱖魚肥」則重點表達了「魚米之鄉」春天的特色，「鱖魚」是一種味道鮮美的淡水魚，嘴大鱗細，顏色呈黃褐色，而且其生活的適宜水溫在十度到二十五度範圍內，鱖魚的生長特點是隨溫度的上升而長大，隨著溫度升高，鱖魚開始長「肥」。

接著詞人描寫了一位頭戴箬笠、身披蓑衣的漁夫。他在斜風細雨裡，一邊釣鱖魚，一邊欣賞春天水面的景色，從中不難體會到漁夫在捕魚時愉快的心情。「斜風」是柔和的春風，「細雨」是輕漫的春雨，白色的飛鳥、粉色的桃花、青色的斗笠、綠色的蓑衣，色彩鮮明，意境優美，使讀者彷彿看到一幅江南春景圖，也展現出詞人熱愛自然的情懷。

拓展

張志和自小才華橫溢，十六歲時及第，在母親和妻子相繼故去後，感慨人生無常，加之厭倦宦海，棄官棄家，浪跡江湖，以漁樵為樂，並在西塞山隱居期間結識「茶聖」陸羽。張志和是唐代最早填詞並有較大影響的詞人，此詞作於張志和拜會______湖州刺史時，同年冬，兩人同遊時，張志和不慎落水身亡。

A. 顏真卿　B. 郭子儀　C. 褚遂良　D. 元載

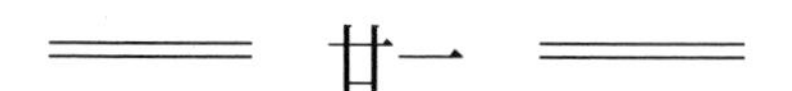

廿一

相見歡·林花謝了春紅

［五代］李煜

林花謝①了春紅②，太匆匆。無奈朝來寒雨晚來風。

胭脂淚③，相留醉④，幾時重⑤。自是⑥人生長恨水長東。

注釋

①謝：凋謝。②春紅：春天的花朵。③胭脂淚：指女子的眼淚。女子臉上搽有胭脂，淚水流經臉頰時沾上胭脂的紅色。④相留醉：令人陶醉，使人心醉。⑤幾時重（ㄔㄨㄥˊ）：猶言「何時再」，指何時能再度相會。⑥自是：自然是，必然是。

譯文

樹林間的紅花已經凋謝，花開花落實在是太匆忙了。

無可奈何受到朝雨暮風不斷的摧殘，導致芬芳凋零。

落花像美人臉上的胭脂，令人心醉，何時能重逢呢？

人生就是遺憾的事情太多，就像這永無盡頭的江水。

賞析

詞人選取暮春時節百花凋零作為抒情的背景，用寒雨春風對百花的摧殘，暗喻自己目前也正處在與春花同樣可憐的境地，無力與惡劣的環境抗爭，只能任其凋謝，表達了自己的亡國之恨。

春秋代序，歲月更迭，花開花謝，雖然可惜，但畢竟理所當然。詞人借景傷情，一生嘆息「太匆匆」，用一個「太」字更顯惋惜和無可奈何。太匆匆的，何止是春天的花，更是歲月人生。面對這麼美好的事物，天卻無情，必然引發詞人的「無奈」，無可奈何朝雨暮風不斷摧殘，導致芬芳凋零。

「春紅」、「寒雨」已為下闋「胭脂淚」伏脈。看到飄落遍地的紅花，被雨水淋過，像是美人雙頰上的胭脂和淚水，說明那些最美好的時光已經過去了。「胭脂淚」和上闋「林花謝了春紅」都是從杜甫《曲江對雨》詩中「林花著雨胭脂溼」一句演化而來。「林花」被風侵欺，狀如「胭脂」。花固憐人，人亦惜花，此句著一「醉」字，寫出彼此如醉如痴、難捨難分的情態，極為傳神。而「幾時重」則感嘆什麼時候才能再重逢呢？表達出人與花有著共同的願望和自知願望無法實現的悵惘。「自是人生長恨水長東」是說人生從來就是令人遺憾的事情太多，就像那東逝的江水，無休無止，永無盡頭。結句與首句的「太匆匆」前後呼應，具有強烈的感染力量。

拓展

西元九七五年，宋兵攻占______，南唐滅亡，詞人說「相留醉，幾時重」，歷史將南唐和他自己淘汰而去。不是花謝花會再開的循環，有的事物是沒有輪迴的，比如一朵花的死亡、一個生命的隕落、一個王朝的終結。

A. 臨安　B. 姑蘇　C. 金陵　D. 揚州

廿二

卜算子・送鮑浩然之浙東

［北宋］王觀

水是眼波橫①，山是眉峰②聚③。欲問行人④去那邊？眉眼⑤盈盈⑥處。

才始⑦送春歸，又送君歸去。若到江南趕上春，千萬和春住⑧。

注釋

①眼波橫：形容眼神流動如橫流的水波。②眉峰：形容眉毛如山峰。③聚：指雙眉蹙皺狀如雙峰相併。④行人：指朋友鮑浩然。⑤眉眼：眉是指山，眼是指水。⑥盈盈：儀態美好的樣子。⑦才始：方才。⑧和春住：把春留住。

譯文

水像美人靈動的眼波，山如美人蹙起的雙眉。

想問友人你要去哪裡？回到山水交會的地方。

剛剛滿懷離愁送別春天，現在又要送你歸去。

如果到江南能趕上春光，千萬要把春天留住。

賞析

這是一首送別詞，卻有別於一般送別詞的傷感情調，顯得輕鬆活潑、俏皮風趣。

輕鬆俏皮的風格從開篇便可見之，前人經常用水和山來形容美麗的女子，如「眉如春山」、「眼如秋水」之類，而詞人卻反其道，以眼睛喻水，以眉毛喻山，設喻巧妙，又語帶雙關，寫得妙趣橫生，形象地描繪出眼前這幅詩情畫意的山水景色。「橫」、「聚」又似乎表達了詩人在這送別時刻極力地克制感情，盡力地控制自己臉部表情，不讓淚水流下來的樣子。「眉眼盈盈處」既指友人故鄉的秀麗山水，又指友人鮑浩然妻子倚欄盼歸的美目情態，更是一語雙關。

詞的上闋寫回程的山水環境，含蓄地表達了詞人與友人的惜別深情。下闋則直抒胸臆，兼寫離愁別緒和對友人的深情祝願。兩個「送」字和兩個「歸」字層層遞進，把季節同人物關聯上了，深刻地描寫出詞人的離愁幽情。「才始送春歸」寫詞人剛剛送別春天，心中還滿懷傷春的離愁，現在要「又送君歸去」了，又添上一層新愁，愁上加愁愁更深。

「若到江南」二句再發奇想，因為不確定此時的浙東是否春還在，所以才說「若是」，但同時又補充了「千萬」二字，表達了詞人的一片真情、一片赤誠。在這個花團錦簇的春季，千萬要和心上人好好享受這大好的春光，既包含惜春、離別之情，又有惜情、祝福之意。

📖 拓展

唐肅宗時，拆江南東道為浙江東路和浙江西路，根據史書記載，簡稱浙東。從行政歸屬上看，春秋末期，吳、越兩國一度以此為界，江西屬於吳，江東屬於越。越王勾踐滅吳後，浙江東西吳、越兩地合而為一。到北宋熙寧七年（西元一〇七四年）分兩浙路置，治所在越州（今浙江省紹興市）。

A. 錢塘江以東　B. 錢塘江以南　C. 長江以東　D. 長江以南

廿三

蝶戀花・春景

［北宋］蘇軾

花褪[1]殘紅青杏小。燕子飛時，綠水人家繞。枝上柳綿[2]吹又少，天涯何處無芳草！

牆裡鞦韆牆外道。牆外行人，牆裡佳人笑。笑漸不聞聲漸悄，多情[3]卻被無情[4]惱[5]。

🕮 注釋

①花褪：鮮花萎謝。②柳綿：即柳絮。③多情：此處指行人過分多情。④無情：此處指盪鞦韆的佳人無意。⑤惱：從煩惱取意，指被引起煩惱，被撩撥。

🕮 譯文

花兒殘紅褪盡，杏樹上已經長出青澀的果實。燕子穿越清澈的河流，圍繞村落飛來飛去。柳絮已被風吹得越來越少，到處都可見茂盛的芳草。

牆裡面有人正在盪鞦韆，牆外行人聽到了牆裡佳人的笑聲。笑聲漸漸消失，行人惘然若失，感覺自己的多情反被少女的無情所傷害。

🕮 賞析

首句即點明這是暮春時節，花兒殘紅褪盡，樹上長出了小小的青杏，田野裡、溪水邊到處能看見燕子忙碌的身影。春天即將過去，但看不到一點傷春的感覺，眼中所見是一片勃勃生機。「青杏」對應「殘紅」，詞人特別注意到初生的「杏小」，語氣中透出憐惜和喜愛。燕子的形象用一個「繞」字形容非常真切，突顯出春天燕子的忙碌身影。

樹上的柳絮在清風的吹拂下越來越少，表示春天行將結束，且有思鄉之意。但詞人思緒又一轉念，從小環境轉到大環境，「天涯何處無芳草」是告訴世人切莫悲傷，相信天地之大，到處都還有茵茵芳草，「芳草」既指香草，亦比喻美德，自是另一番境界。這是詞中最為人稱道的兩句。

「牆裡鞦韆牆外道」說明牆外是一條道路，行人在牆外經過，只聽見牆裡有少女盪鞦韆時的悅耳笑聲，在這個春意浪漫的季節，這種青春少女爽朗的笑聲，不免讓行人止步，用心欣賞和聆聽。人未謀面，只聞笑聲，在意境中、在想像中，產生無窮回味。也許是行人佇立良久，牆內佳人已經回到房間，也許是行人已漸漸走遠。總之，佳人的笑聲漸漸聽不到了。「聲漸悄」是四周顯得靜悄悄，但此時行人的心卻怎麼也平靜不下來。事實證明，高牆內根本沒有人注意到他的存在，更無法體會牆外駐足的行人對佳人的心馳神往，結果是牆外行人對牆內佳人的眷顧和佳人對行人的淡漠產生強烈對比，讓行人更加惆悵。

全詞意境朦朧、情景交融、哀婉動人。有人讀出了無奈，有人讀出了詼諧，還有人讀出了哲理。蘇軾為讀者留下了豐富的想像空間，讓人回味，散發著無窮魅力。

拓展

相傳鞦韆起源於山戎族，後來齊桓公伐山戎時，把它帶回來，經過一千多年的發展，到唐朝時已成為宮裡女子所鍾愛的娛樂活動。王維、杜甫、韓愈、王建、蘇軾多有描寫盪鞦韆的詩詞，以下「______」不是蘇軾的詩詞。

A. 人靜鞦韆影半斜　B. 嬌羞不肯上鞦韆　C. 鞦韆院落夜沉沉　D. 鞦韆索掛人何所

廿四

浣溪沙·遊蘄水清泉寺

［北宋］蘇軾

遊蘄水清泉寺[1]，寺臨蘭溪，溪水西流。

山下蘭芽短浸溪[2]，松間沙路淨無泥，蕭蕭[3]暮雨子規[4]啼。

誰道人生無再少[5]？門前流水尚能西！休將白髮唱黃雞[6]。

📖 注釋

①蘄（ㄑㄧˊ）水清泉寺：位於今湖北省黃岡市浠水縣。②短浸溪：指初生的蘭芽浸潤在溪水中。③蕭蕭：形容風雨聲。④子規：杜鵑鳥。⑤少：指少年時代。⑥唱黃雞：化用白居易的詩中「黃雞催曉丑時鳴」之句，因黃雞可以報曉，比喻對時光流逝的感嘆。

📖 譯文

山下蘭芽浸在溪水裡，松林間沙路上一塵不染，杜鵑在瀟瀟夜雨中啼叫著。

誰說人生不能再少年？門前的流水還能向西呢！別在老年時感嘆時光流逝。

📖 賞析

這首詞是蘇軾在西元一〇八二年三月遊蘄水清泉寺時所作，從自然景物著筆，意在探索人生哲理，表達詞人熱愛生活、曠達樂觀的人生態度。

上闋寫遊蘄水清泉寺時所見的幽雅風光。按照行進的順序，「山下」是小溪潺潺，岸邊的蘭草剛剛萌出幼芽，道路上化用杜甫《三月三日祓禊洛濱》中「沙路潤無泥」句，是十分清潔的林間沙路。寺院裡是「蕭蕭」細雨，寺院附近傳來杜鵑鳥的叫聲爽人耳目。「蕭蕭」是擬聲詞，用來描寫風雨聲。「子規」即杜鵑鳥，這裡是在表現春意盎然的時節。詞人見到的「短浸溪」、「淨無泥」和聽到的「子規啼」都洋溢著春的生機，沁人心脾，都是令人心情愉悅的。

下闋就觀察到的「溪水西流」之景生發議論。光陰猶如晝夜不停的「流水」，匆匆向東奔馳，一去不可復返，年少對於人生來說只有一次，正如古人所說：「百川東到海，何時復西歸」、「盛年不重來，一日難再晨」。這是不可抗拒的自然規律。然而，蘇軾觀察到「門前流水尚能西」而引發感慨，賦予它新的寓意。詞中以「誰道」反問開始，增強語句的表述力度，用「流水尚能西」詮釋了人生要自強不息的道理。詩人又用「白髮」、「黃雞」比喻世事匆促，希望人們不要發出衰老之嘆，對生活、對未來，要樂觀積極、勇於追求。只有對自己不放棄的人，才不會老，老去的只是年齡，不老的是內心，展現出蘇軾對生活執著、曠達、樂觀的積極態度。

📖 拓展

唐宋時期，科舉制度顯示出勃勃生機，形成了古代文化發展的一個黃金時代。西元一〇五七年的科舉考試可以說是科舉史上的一次盛宴，像蘇軾這種大文豪在殿試排名也只進了乙科。同考的還有蘇洵、蘇轍，曾鞏及其弟曾布，程朱理學的創始人程顥，以及「為天地立心，為生民立命，為往聖繼絕學，為萬世開太平」的＿＿＿。

A. 司馬光　B. 王安石　C. 張載　D. 呂公著

廿五

浣溪沙・一曲新詞酒一杯

［北宋］晏殊

一曲[①]新詞[②]酒一杯，去年天氣舊亭臺。夕陽西下幾時回？

無可奈何花落去，似曾相識燕歸來。小園香徑[③]獨徘徊[④]。

注釋

①一曲：一首。②新詞：剛填好的詞，意指新歌。③香徑：花間小路，或指落花滿地的小徑。④徘徊：來回走。

譯文

聽一曲新歌，飲一杯美酒，天氣和亭臺依舊。西下的夕陽何時能回來？

在無可奈何中百花殘落了，歸燕還似曾相識。獨自在花香小徑中徘徊。

📖 賞析

這首詞雖然是傷春之作，基調卻瀟灑淡然、含蓄典雅，將時間流逝的無奈寫得清美而讓人留戀，抒發了詞人對人生、對社會、對自然的沉思。

上闋將過去與現在重疊，思念流逝的時光。起句從輕快流暢的語調中可以體會出，詞人面對現實時，開始是懷著輕鬆喜悅的感情，帶著瀟灑安閒意態的，似乎主角醉心於宴飲涵詠之樂，現實卻又不由自主地觸發往事。「去年」一句出自唐朝詩人鄧谷的「流水歌聲共不回，去年天氣舊池臺」之句。詞人看到和「去年」一樣的暮春天氣，面對的也是和去年一樣的樓臺亭閣，但眼見「夕陽西下」，一去不返，明白一些無法吟詠的道理，這種道理或許也是出於詞人對人生新的認知。

下闋則帶著淡淡的悵惘之情，描述眼前的景色，寫出自己對這環境的感想。這兩句都是描寫暮春的，花的凋落、春的消逝、時光的流逝，都是不可抗拒的自然規律。詞人用上句表達對春光流逝的惋惜之情，用下句燕子的歸來表達懷舊之感。在時間面前，人間生死同花開花落一樣，不由自主，所有人都無能為力，所以說出「無何奈何」之語。詞人舊地重遊，前塵往事歷歷在目，所以用「似曾相識」既傷「花落」，又喜「燕歸」，燕已歸而人不歸，令人鬱鬱寡歡。園中小徑鋪滿掉落的鮮花，唯有獨自徘徊的自己。

詞中「無可奈何」二句天然對偶，還創造了　「無可奈何」、「似曾相識」這兩個成語。詞人另有《示張寺丞王校勘》七律一首，「無何奈何」句是詩中五、六兩句，「小園」句是詩中第二句，故既寫為詩，又寫為詞。整首詞對仗工整、表達含蓄、意象深遠、情思雅緻，成為膾炙人口、廣為傳誦的佳作。

📖 拓展

晏殊是北宋政治家、文學家。他自幼聰慧，曾以「神童」的身分參加朝廷的科學考察，______賜同進士出身，在時期，任宰相兼樞密使。晏殊執政期間，范仲淹、王安石等均出自其門下，韓琦、歐陽修等皆經他栽培、薦引，得到重用。在文學方面，他開創了婉約詞風，與兒子晏幾道，將「花間派」的婉約詞推向了巔峰。

A. 宋真宗　B. 宋仁宗　C. 宋英宗　D. 宋神宗

廿六

宿新市徐公店（其二）

［南宋］楊萬里

籬落[1]疏疏[2]一徑深[3]，樹頭[4]新綠未成陰。

兒童急走[5]追黃蝶，飛入菜花無處尋。

📖 注釋

①籬落：籬笆。②疏疏：稀稀落落的樣子。③一徑深：一條小路延伸很遠。④樹頭：樹幹以上的部分。⑤急走：奔跑，快追。

📖 譯文

一條小路沿稀疏的籬笆伸向遠方，樹枝上剛剛長出綠葉尚未成蔭。

兒童奔跑著追趕翩翩飛舞的黃蝶，可蝴蝶飛到菜花中就找不到了。

📖 賞析

陽春三月，已是山花爛漫、鳥語花香之時，詩人途經「新市」，在徐公店住下，被這裡的春光所吸引，一連作了兩首詩。第一首詩中描寫這裡春光正好，表現出詩人當時悠然自得、恬然閒適的心境。此詩為第二首，描繪了一幅動靜結合的畫面，極富生活情趣，詩人的喜悅之情也沉浸在對景物、人物的描寫之中。

「籬落疏疏一徑深，樹頭新綠未成陰」是靜態寫景，點出時節背景。「籬落」指籬笆，「疏疏」指稀稀疏疏，「一徑深」指一條小路伸向很遠的地方，都是實指，彷彿是一幅富有立體感的寫生畫。畫面上有一道稀疏的籬笆和一條幽深的小路，籬笆旁還有幾株桃花樹、杏花樹及各式各樣的樹木。花瓣從枝頭紛紛飄落，嫩葉還未長大，尚未形成大片林蔭，說明正是春意盎然之時。「籬笆」點明這裡是鄉村，「新綠」一作「花落」，說明這是暮春時節。

後兩句由景及人，妙趣橫生。「兒童急走追黃蝶，飛入菜花無處尋」是動態刻劃，「兒童」是整個畫面的中心，用「急走」、「追」兩個連續動作描繪兒童活潑、好奇的天性和捕蝶時緊張、歡樂的場面。「黃蝶」是黃色的，「菜花」也是黃色的，而「飛入菜花」則「無處尋」，畫面戛然而止，意猶未盡，給予人思考和想像的空間。

詩中除運用動靜結合的寫法外，還運用白描手法，令全詩平易自然、形象鮮明。楊萬里為官清廉，曾遭奸相嫉恨，被罷官後長期村居，自然對農村生活十分熟悉，描寫自然小景真切動人、別有風趣。

📖 拓展

楊萬里作《宿新市徐公店》時，正任______，詩題中的「新市」是當時一處城鎮，具體位置尚有爭議。詩人途經這裡時，略作停留，見景生情，描繪出景物與人物融為一體的畫面，別有情趣，展現了春日那種特有的寧靜清新、萬物勃發的生命力。

A. 江東轉運副使　B. 江南轉運副使　C. 江西轉運副使　D. 江北轉運副使

廿七

鶯梭

［南宋］劉克莊

擲柳[1]遷喬[2]太有情，交交[3]時作弄機聲[4]。

洛陽三月花如錦[5]，多少工夫織得成[6]。

注釋

①擲（ㄓˋ）柳：從柳枝上投擲下來。②遷喬：遷移到高大的喬木上。③交交：形容鳥鳴聲。④弄機聲：織布機發出的響聲。⑤花如錦：指牡丹花開得像錦繡一樣美麗。⑥成：做好，做完。

譯文

黃鶯在柳樹和喬木間飛上飛下，時而鳴叫好似織布機發出的聲音。

三月的洛陽百花齊放繁花似錦，這春色要花多少時間才能編織成。

賞析

這首詩描寫了農曆三月洛陽花開似錦的美好春光。詩人把黃鶯的飛下飛上喻為「鶯梭」，把牠的「交交」鳴叫聲喻作「機聲」，把洛陽盛開的鮮花喻作錦繡，這些比喻形象、生動、傳神。

首句「擲柳遷喬太有情」描繪鶯飛之狀。黃鶯似乎懷著無限的情思，在陽春三月飛翔於綠柳紅花之間，穿梭於藍天白雲之下，忽兒把絲絲垂柳抛在後邊，忽而飛上高高的喬木之巔。詩人眼中看到黃鶯在林間飛來飛去，從而想到紡織用的「梭」，可謂妙句天成。樹枝如線，鶯則如梭，黃鶯「交交」的鳴叫聲，正如織布機發出「唧唧」的聲響，使畫面有了音響效果。樹上的花，彷彿是織成的「錦」。詩中的聯想比喻，富有新意、極有妙趣。

詩人想，既然織女能織出千姿百態的綾羅錦緞，那麼萬紫千紅的洛陽春景，也如同黃鶯織成的一樣。「洛陽地脈花最宜，牡丹尤為天下奇。」洛陽是雍容華貴、國色天香、富麗堂皇的牡丹之鄉，牡丹栽培始於隋，鼎盛於唐，宋時已經甲天下。「洛陽三月」春深而花未殘，牡丹尤其嬌豔，綠柳青山、秀麗明媚，不知這些黃鶯耗費了多少功夫，才把洛陽的河山織得這般美好。詩中不但彰顯了洛陽三月的美景，也展現了正因為有手工業者辛勤的勞動，才能使人們衣著豔麗華美之意。

全詩真情實景、情景相融，彰顯了洛陽春天之美、林花之盛。而以「鶯梭」為喻，也使得洛陽春日充滿生機和活力，詩人把春景之美不勝收，用一種動態的方法展示出來了。

🕮 拓展

漢代時傳入棉花，到宋代時仍然局限在西南和南方的一些偏遠地區種植。宋元交替時期，棉花生產才迅速普及，成為人們最基本的服飾原料。一般認為棉紡織最早是在______興起，後傳到松江府以東的烏泥涇鎮，推動了松江一帶棉紡織技術和棉紡織業的發展，使松江在當時一度成為全國棉紡織業的中心。

A. 四川　B. 廣西　C. 海南　D. 廣東

廿八

春暮

［南宋］曹豳

門外無人問落花，綠陰冉冉①遍天涯②。

林鶯③啼到無聲處，青草池塘獨聽蛙。

注釋

①冉冉：漸進地，慢慢地，緩慢地，此處指枝條等柔軟下垂的樣子。②天涯：天邊。此處指廣闊大地。③林鶯：雀形目森鶯科小型鳴禽，又叫森鶯，鳴聲往往嘈雜單調。

譯文

已沒人過問路上的落花，樹木繁茂樹蔭濃郁遍及天涯。

樹上林鶯聲漸漸停歇下，青草池塘裡面蛙聲一片喧譁。

📖 賞析

曹豳（ㄅㄧㄣ）這首絕句描寫暮春三月的景象，繁花凋謝、樹蔭濃綠，此時鶯啼聲漸漸消歇，春草池塘的蛙聲開始熱鬧起來了。詩人選擇幾個暮春特有的景物，即花落、綠陰、林鶯、青草、池塘、蛙鳴，把暮春時節的那種繁盛和熱鬧的景象生動地表現了出來。

詩中透過視覺和聽覺感受春已逝去。首先描寫花、鳥、葉，襯托出「暮春」時節，點明題意。明媚的春天已經悄然消失了，花兒敗落，行人對「落花」習以為常，大片綠葉取代了鮮花，池塘邊的柳樹葉沿著枝條柔軟地垂下來，「冉冉」有慢慢移動、漸漸出現、慢慢長出之意，此時，大地上已是綠蔭成片、鬱鬱蔥蔥。

前兩句寫詩人眼前所見，「綠蔭」代替了「落花」；後兩句是耳畔所聽，「蛙聲」代替了「鶯啼」。詩人用「林鶯」，不是「黃鶯」，也不是「嬌鶯」，說明詩中所描寫的環境在林地或沼澤地，為下文的「聽蛙」留下伏筆。「林鶯」的「無聲」不一定是因為完全不再啼叫了，而是暮春時節大自然的聲響越來越多，鳴叫的動物不止一兩種了，反襯出「林鶯」單調的啼叫聲將漸漸變弱，直至人耳聽不到。「落花」、「綠蔭」、「林鶯」、「聽蛙」這四種景象，兩種喧譁，在暮春時是同時存在的，詩人不是把它們簡單地並列，而是兩兩對應、層層遞進，在手法上著重對後者的描繪，在情感上則側重於對後者的欣賞。也就是說，透過前幾句營造的意境氛圍，引出最後的一個「獨」字，抒發孤獨落寞的惜春傷感情懷。

春草池塘，處處蛙鳴，詩人獨立凝聽，特別賞心悅目。詩人把這些新生的、充滿活力的景物渲染得有聲有色，把自己的感情透過對景物的描寫表達了出來。

📖 拓展

「冉冉」一詞最早見於______，本意為漸進地，慢慢地，緩慢地。後引申為光亮閃動的樣子，如元稹詩云「華光猶冉冉，旭日漸曈曈」，溫庭筠詩云「晝明金冉冉，箏語玉纖纖」。引申為纏綿、迷離的樣子，如劉長卿詩云「邊心冉冉鄉人絕，寒色青青戰馬多」，范成大詩云「西山在何許？冉冉紫翠間」。

A.《論語》　B.《離騷》　C.《詩經》　D.《春秋》

廿九

送春

［北宋］王令

三月殘花落更[1]開，小簷[2]日日燕飛來。

子規[3]夜半猶啼血[4]，不信東風[5]喚不回。

📖 注釋

①更：又，重。②簷：屋簷。③子規：杜鵑鳥，發出的聲音極其哀切，猶如盼子回歸，故叫子規。④啼血：傳說杜鵑總要啼鳴到口裡出血才止，意指啼得悲苦。⑤東風：指春風。

📖 譯文

暮春三月殘花落了又開，屋簷下的燕子飛來飛去。

杜鵑眷戀春光夜裡悲啼，不信已逝的春風喚不回。

📖 賞析

春，在唐詩中多有「春陽撫照，萬物滋榮」之意，故又可延伸至生機勃勃、充滿活力之意。詩人多寓情於物，花開花落、燕子飛來、子規夜啼都是自然現象，也恰如其分地表現了生機猶在的暮春景象。而詩人認為，花也好，燕子也好，杜鵑也好，牠們這樣做都是因為眷戀這美好的春光。

首句「三月殘花落更開」言簡意賅，花到三月開得差不多了，所以說是「殘花」，花落花又開，這似乎給人一種錯覺，好像這些花兒也戀春而不願離去。題目是「送」，詩中反用一個「來」字，屋簷下每天都有燕子啣泥築巢、撫育幼子、來來往往、絡繹不絕，好不繁忙，給予人春天還在的錯覺。因此，詩人借「殘花」開、「燕飛」來的錯覺來表達愛春、戀春之意。

春光沒有盡逝，生機猶存，後兩句以擬人的手法重點描寫杜鵑鳥，塑造了一個執著的形象，藉此表現自己留戀春天的情懷。在詩人的想像中，杜鵑鳥為了留住春天而「啼血」，其傷悲程度可想而知，牠並不是為自己而啼叫，而是為「東風」的重回日夜啼叫。這首詩的「子規」與以往大部分詩裡借喻哀傷、淒切的含義不同，帶有比較積極的意義。

詩人巧妙地改造「子規啼」，本來傳說中是以此謂怨憤惆悵來表達人生的幽怨和痛苦的，詩中化作呼喚東風而熱烈多情的呼喚者。「不信」和「喚」既展現了珍惜的心情，又顯示了自信和努力的態度。「不信東風喚不回」也表現出詩人頑強進取、執著追求美好未來的堅定信念和樂觀精神。

🕮 拓展

相傳「子規」為______的魂魄所化，古詩中多有「子規啼血」的故事，如李白的「楊花落盡子規啼」「又聞子規啼夜月」，韋應物的「南山子規啼一聲」，杜甫的「兩邊山木合，終日子規啼」等等。春夏季節，子規經常夜裡啼鳴，啼聲清脆而短促，容易引起人們注意，喚起文人多種情思。

A. 黃帝軒轅　B. 炎帝神農　C. 舜帝重華　D. 蜀帝杜宇

三十

蝶戀花・送春

［南宋］朱淑真

樓外垂楊千萬縷，欲系青春[1]，少住[2]春還去。猶自[3]風前飄柳絮，隨春且看歸何處？

綠滿山川聞杜宇[4]，便作無情，莫也[5]愁人苦[6]。把酒送春春不語，黃昏卻下瀟瀟[7]雨。

注釋

①系青春：留住大好春光。②少住：稍稍停留一下。③猶自：依然。④杜宇：杜鵑鳥。⑤莫也：豈不也。⑥愁人苦：為人愁苦，使人愁苦。一作「愁人意」。⑦瀟瀟：形容風雨急驟。

譯文

樓外垂柳枝條千絲萬縷，欲留春光，可它稍停還要離去。

柳絮依然在春風裡飄飛，隨著春風，看它到底歸向何處？

綠色山川中聽見杜鵑聲，鳥本無情，豈不也為人而愁苦。

舉杯送別春天它也無語，黃昏時分，卻下了一場瀟瀟雨。

📖 賞析

詞人運用豐富的想像力和十分貼切的擬人手法，將暮春的景色表現得細膩動人，透過系春、隨春、嘆春、送春四個層次，委婉地抒發了對春光的情感，顯出獨有的藝術特色。

上闋是系春、隨春之情，抒發對春天美好的眷戀之情。「樓外垂楊千萬縷」是此時最典型的景色，詞人利用垂柳柔細如絲的形象，產生它似乎可以繫住事物的聯想。「少住春還去」一句點明題意，春天經過短暫的逗留，還是決然離我而去了。既然無法系春，就只好隨春。「猶自風前飄柳絮」展現出詞人別出心裁地認為空中隨風飄舞的柳絮，似乎要尾隨春天歸去，去探看春的去處，有種一計不成又生一計的藝術效果。

下闋寫嘆春、送春之意，抒發與春天別離的情感。「綠滿山川」、「杜宇」是殘春的象徵，看到滿眼蒼綠，聽到杜鵑鳴叫，讓詞人感嘆「便作無情」的杜鵑鳥不也在發出同情的哀鳴嗎？借「杜宇」的淒傷點出人的愁苦，構成一幅淒婉纏綿的畫面，使得詞句更加簡潔清麗、意境深遠。既然系春已不可能，隨春又無結果，嘆春也空傷神，只好無可奈何地「送春」了。韓偓《春盡日》一詩有「把酒送春惆悵在，年年三月病懨懨」之句，詞人按照慣例也「把酒送春」，而「春」卻沒有回答，加之結句的「黃昏」、「瀟瀟雨」，以黃昏的淒風苦雨襯托出詞人悲涼傷憂的心情，將惆悵之情含蓄自然地表達出來。

📖 拓展

朱淑真，又作朱淑貞，號幽棲居士，宋朝著名才女。她的詞平易淺切、情真意切、善於用典、聲韻協調、蘊藉婉麗。但她的婚姻卻是不幸的，她受父母之命嫁給一個胸無大志、一心搜刮錢財之人，令她心灰意冷。金軍南下後，她隻身回到娘家，父母認為女兒丟掉了朱家的臉面，將其詩詞一併焚毀，一個叫魏端禮的人將其已流傳在外的少部分詩詞輯成______，方才流傳於世。

A.《幽棲集》　B.《漱玉集》　C.《斷腸集》　D.《花間集》

春江花月夜

[唐]張若虛

春江潮水連海平，海上明月共潮生。
灩灩隨波千萬里，何處春江無月明！
江流宛轉繞芳甸，月照花林皆似霰。
空裡流霜不覺飛，汀上白沙看不見。
江天一色無纖塵，皎皎空中孤月輪。
江畔何人初見月？江月何年初照人？
人生代代無窮已，江月年年望相似。
不知江月待何人，但見長江送流水。
白雲一片去悠悠，青楓浦上不勝愁。
誰家今夜扁舟子？何處相思明月樓？
可憐樓上月徘徊，應照離人妝鏡臺。
玉戶簾中卷不去，搗衣砧上拂還來。
此時相望不相聞，願逐月華流照君。
鴻雁長飛光不度，魚龍潛躍水成文。
昨夜閒潭夢落花，可憐春半不還家。

江水流春去欲盡，江潭落月復西斜。

斜月沉沉藏海霧，碣石瀟湘無限路。

不知乘月幾人歸，落月搖情滿江樹。

名句摘錄

年年歲歲花相似，歲歲年年人不同。

—— 劉希夷《代悲白頭翁》

雲想衣裳花想容，春風拂檻露華濃。

—— 李白《清平調・其一》

富貴必從勤苦得，男兒須讀五車書。

—— 杜甫《柏學士茅屋》

細雨溼衣看不見，閒花落地聽無聲。

—— 劉長卿《別嚴士元》

青春須早為，豈能長少年。

—— 孟郊《勸學》

唯有牡丹真國色，花開時節動京城。

—— 劉禹錫《賞牡丹》

少年辛苦終身事，莫向光陰惰寸功。

—— 杜荀鶴《題弟侄書堂》

讀書不覺已春深，一寸光陰一寸金。

—— 王貞白《白鹿洞二首・其一》

春分雨腳落聲微，柳岸斜風帶客歸。

—— 徐鉉《七絕・甦醒》

近水樓臺先得月，向陽花木易為春。

—— 蘇麟《斷句》

綠楊煙外曉寒輕，紅杏枝頭春意鬧。

—— 宋祁《玉樓春・春景》

粗繒大布裹生涯，腹有詩書氣自華。

—— 蘇軾《和董傳留別》

十年生死兩茫茫，不思量，自難忘。

—— 蘇軾《江城子・乙卯正月二十日夜記夢》

桃李春風一杯酒，江湖夜雨十年燈。

—— 黃庭堅《寄黃幾復》

夜月一簾幽夢，春風十里柔情。

—— 秦觀《八六子・倚危亭》

一川菸草，滿城風絮，梅子黃時雨。

—— 賀鑄《青玉案・凌波不過橫塘路》

花氣襲人知驟暖，鵲聲穿樹喜新晴。

—— 陸游《村居書喜》

少年易老學難成，一寸光陰不可輕。

—— 朱熹《偶成》

未覺池塘春草夢，階前梧葉已秋聲。

—— 朱熹《偶成》

雨打梨花深閉門，孤負青春，虛負青春。

—— 唐寅《一剪梅・雨打梨花深閉門》

拓展答案

正月・孟春	答案	二月・仲春	答案	三月・季春	答案
初一	A	初一	C	初一	C
初二	B	初二	C	初二	D
初三	A	初三	B	初三	B
初四	B	初四	D	初四	A
立春	B	驚蟄	C	清明	B
初六	D	初六	C	初六	D
初七	A	初七	B	初七	C
初八	D	初八	C	初八	B
初九	C	初九	C	初九	A
初十	D	初十	A	初十	A
十一	C	十一	D	十一	A
十二	A	十二	B	十二	B
十三	B	十三	B	十三	B
十四	B	十四	C	十四	C
元宵	A	十五	C	十五	C
十六	A	十六	D	十六	D
十七	C	十七	C	十七	B

正月・孟春	答案	二月・仲春	答案	三月・季春	答案
十八	B	十八	D	十八	C
十九	A	十九	B	十九	C
雨水	A	春分	A	谷雨	A
廿一	C	廿一	D	廿一	C
廿二	A	廿二	C	廿二	B
廿三	B	廿三	A	廿三	B
廿四	A	廿四	A	廿四	C
廿五	C	廿五	A	廿五	B
廿六	D	廿六	C	廿六	A
廿七	B	廿七	C	廿七	C
廿八	D	廿八	C	廿八	B
廿九	A	廿九	D	廿九	D
三十	A	三十	B	三十	C

電子書購買

爽讀 APP

國家圖書館出版品預行編目資料

一日一首古詩詞．春：春風拂面，讀懂寄託於詩詞的情感 / 陳光遠，陳秉志 著 . -- 第一版 . -- 臺北市 : 崧燁文化事業有限公司 , 2024.05
面；　公分
POD 版
ISBN 978-626-394-297-4(平裝)
831　　113006537

一日一首古詩詞．春：春風拂面，讀懂寄託於詩詞的情感

臉書

作　　者：陳光遠，陳秉志
發 行 人：黃振庭
出 版 者：崧燁文化事業有限公司
發 行 者：崧燁文化事業有限公司

E-mail：sonbookservice@gmail.com
粉 絲 頁：https://www.facebook.com/sonbookss/
網　　址：https://sonbook.net/
地　　址：台北市中正區重慶南路一段 61 號 8 樓
8F., No.61, Sec. 1, Chongqing S. Rd., Zhongzheng Dist., Taipei City 100, Taiwan
電　　話：(02) 2370-3310　　**傳　　真**：(02) 2388-1990

印　　刷：京峯數位服務有限公司
律師顧問：廣華律師事務所 張珮琦律師

定　　價： 350 元
發行日期： 2024 年 05 月第一版
◎本書以 POD 印製